U0561226

素履以往

周华诚 著

GUANGXI NORMAL UNIVERSITY PRESS
广西师范大学出版社
·桂林·

素履以往
SULÜYIWANG

图书在版编目（CIP）数据

素履以往 / 周华诚著．—桂林：广西师范大学出版社，2020.8
（雅活书系．周华诚作品）
ISBN 978-7-5598-2987-0

Ⅰ．①素… Ⅱ．①周… Ⅲ．①随笔—作品集—中国—当代 Ⅳ．①I267.1

中国版本图书馆 CIP 数据核字（2020）第 110911 号

广西师范大学出版社出版发行
（广西桂林市五里店路 9 号　邮政编码：541004
网址：http://www.bbtpress.com）
出版人：黄轩庄
全国新华书店经销
广西广大印务有限责任公司印刷
（桂林市临桂区秧塘工业园西城大道北侧广西师范大学出版社集团有限公司创意产业园内　邮政编码：541199）
开本：787 mm ×1 092 mm　1/32
印张：9.625　　字数：120 千字
2020 年 8 月第 1 版　　2020 年 8 月第 1 次印刷
印数：0 001~6 000 册　　定价：68.00 元

总序

周华诚

“雅活书系”陆陆续续出来了，受到不少读者的欢迎，编辑约我写一篇总序，我遂想起当初策划此书系的缘由。入夜，又细细翻阅书架上“雅活书系”已出的20余种书，梳理并列出将出的近10种书的书名，不由心潮起伏，感慨系之，于是记下我的片断感受。

“雅活”这个概念，并非现在才有，中国实古已有之。举凡衣食住行、生活起居、谈琴说艺、访亲会友、花鸟虫鱼、劳作娱乐，这日常生活里的一切，古人都可以悠然有致地去完成。譬如，我们翻阅古书，可见到古人有“九雅”：曰焚香，曰品茗，曰听雨，曰赏雪，曰候月，曰酌酒，曰莳花，曰寻幽，曰抚琴；又见古人有“四艺”：品香、斗茶、挂画、插花。想想看，“雅活”的因子，覆盖了日常生活的方方面面；也可以说，“审美”这个东西，已渗入中国人的精神血液里头。

明人陈继儒在《幽远集》中说：

香令人幽，酒令人远，石令人隽，琴令人寂，茶令人爽，竹令人冷，月令人孤，棋令人闲，杖令人轻，水令人空，雪令人旷，剑令人悲，蒲团令人枯，美人令人怜，僧令人淡，花令人韵，金石鼎彝令人古。

这样一些生活的风致，似乎已离时下的我们十分遥远。随着社会节奏的加快，人们匆促前行，常常忽略了那些诗意、美好而无用的东西。

美的东西，往往是“无用”的。

然而，它真的“无用”么？

几年前，我离开从事多年的媒体工作，回到家乡，与父亲一起耕种三亩水稻田，这一过程让我获益良多。那时我已强烈地感受到，城市里很多人每日都在奔波，少有人能把脚步慢下来，去感受一下日常生活之美，去想一想生活究竟应当是什么样子。

山静似太古，日长如小年。
余花犹可醉，好鸟不妨眠。
世味门常掩，时光簟已便。
梦中频得句，拈笔又忘筌。

当我重新回到乡村，回到稻田中间，开始一种晴耕雨读的生活时，我真切地体会到内心的许多变化。我也开始体悟到唐庚这首《醉眠》中的“缓慢”意味。我在春天里插秧，在秋天里收割，与草木昆虫在一起，这使我的生活节奏逐渐地慢了下来。城市里的朋友们带着孩子，来和我一起下田劳作，插秧或收获，我们得到了许多快乐，同时也获得了内心的宁静。

我们很多人，每天生活在喧嚣的世界里，忙碌地生活和工作，停不下奔忙的脚步。而其实，生活是应该有些许闲情逸致的。那些闲情雅致或诗意美好，正是文艺的功用。

钱穆先生说："一个名厨，烹调了一味菜，不至于使你不能尝。一幅名画，一支名曲，却有时能使人莫名其妙地欣赏不到它的好处。它可以另有一天地，另有一境界，鼓舞你的精神，诱导你的心灵，愈走愈深入，愈升愈超卓。你的心神不能领会到这里，这是你生命之一种缺憾。"

他继而说道："人类在谋生之上应该有一种爱美的生活，否则只算是他生命之夭折。"

这，或许可以算是"雅活书系"最初的由来吧。

"雅活书系"，是一套试图将生活与文艺相融合的丛书。它有一句口号："有生活的文艺，有文艺的生活。"在我们看来，文艺只是生活方式的一种。文艺与生活，本密不可分。若仅有文艺没有生活，那个文艺是死的；而若仅有生活，没有文艺，那个生活是枯的。

“雅活书系”便是这样，希望文艺与生活相结合，并且通过一点一滴、身体力行，来把生活的美学传达给更多人。

钱穆先生所说的“爱美的生活”，即是“文艺的生活”。下雪了，张岱穿着毛皮衣，带着火炉，坐船去湖心亭看雪。一夜大雪，窗外莹白，住在山阴县的王子猷想起了远方的老友戴逵，就连夜乘船去看他；快天亮时，终于要到戴家了，王子猷却突然返程，说：“吾本乘兴而行，兴尽而返，何必见戴！”同样，还是下雪天，《红楼梦》里的妙玉把梅花瓣上的白雪收集起来，储在一个坛子里，埋入地下三年，再拿出来泡茶喝。也有人把梅花的花骨朵摘下，用盐渍好，到了夏天，再拿出来泡水，梅花会在沸水的作用下缓缓开放。

——这都是多么美好的事！

生活之美到底是什么？从这套“雅活书系”里，每一位读者或许都能找到一点答案。当然，这并不是“雅活”的标准答案，生活本无标准可言——每个人的实践，都只是对生活本身的探寻。而当下的生活，如此丰富，如此精彩，自然也蕴含着无比深沉的美好。“雅活书系”或许是一束微弱的光，是一个提示，提示各位打开心灵感受器，去认识、发现、创造各自生活中的美好。

很荣幸，“雅活书系”能得到读者们的喜欢，也获得了业内不少奖项。我愿更多的人，能发现“雅活”，喜欢“雅活”；能在“雅活”的阅读里，为生活增一分诗意，让内心多一丝宁静。

写完此稿搁笔时，立夏已至，山野之间，鸟鸣渐起。

2019年5月6日

自序：对于美好，我们知之甚少

自从发现种田的乐趣之后，我的世界就变大了许多。我可以在很多个傍晚与清晨，在田里待上很长时间，然后在一些微小的事物里，发现巨大的快乐。

为此我感激写作。写作这件事，使我在生活的滚滚洪流当中可以抽身而退，停下脚步，反观一下自己的生活。这种停下脚步的时机，我相信是很珍贵的。种田之后，每一年都有新鲜的事情发生。我们在稻田边吟唱，在烛光里读诗。在雨中行走，在烈日下劳作。在田埂上闲坐，看流云从远远的山头，一点一点地流淌，流到我们的头顶，再流到另一个地方去。

稻田上空的云，有时候很高，有时候又很低。低的时候，几乎可以触到秧苗，就在秧苗叶尖上，留下点点晶莹的露水。这也使我想到，我最喜欢的生活，大概就是这样：在一个村庄里住下来，读书写作，种田或劳动。

所以当我接到一位朋友邀请，使我可以经常到山里小住，在山里各处随意游荡时，我是多么开心。我就把很多看起来“更重要”的事情放下了，一次次走进山野之中。

山野有什么？原始森林。流泉飞瀑。昆虫野兽。飞鸟与鱼。樵夫耕农。那里是钱塘江的源头。那里有许多事物吸引着我——它的诗意、质朴、细致、温柔，常常使我惊叹不已。山水是一本读不厌的书，一沟一壑，一草一木，都有无穷的深意。我一读再读，常读常新。

对于现代的日常生活，我们往往只懂得欣赏那些世俗和显而易见的部分。但是自然山水为我们提供了一些更富有深意，更加缓慢、诗意和美好的部分。对于后者，我们常常缺乏耐心，也缺乏领悟力。我们不可避免地，对很多美好的事物视而不见，知之甚少。

在一次次来到山野之后，我内心的很多角落被唤醒。我在一篇文章里写道：“人的内心，如果疏离于纤细的情感与幽深的美好久了，就会慢慢变得淡漠。此时此刻，唯有花朵、昆虫、雨滴、落叶可以拯救。”我还清晰地记得某一个黄昏，我们坐在天空下饮酒，忽然下起一阵暴雨，我们高兴地继续在雨中饮酒。另一个黄昏，满天晚霞时，我们在江水中站着，面对美景手足无措。

山水自然赠予我们的，远比我们知道的要多得多。

我很高兴自己能在一年多时间里，一次次回到那座浙江西部的小城开化，停留，并在山野之间流连。四时光阴，草木滋味，我都想去体味。我将在那里感受到的东西，用纸笔一一记录于此，于是有了这本书。这是我所感受到的一些温柔与美好。更多的一些，我把它们留在了心里，未能呈现出来。

是为序。

2019年10月23日

目录

Chapter1　月光溪水，晚霞花朵

Chapter 2　鱼的生活方式

Chapter 3　林中的秘密生活

Chapter 4 只向美好的事物低头

致谢

Chapter1

月光溪水，晚霞花朵

山自山，水自水，没有任何冲突和神秘，物不对我隐藏，我不对物嚣张，吃茶，看云，轻步，听鸟鸣幽谷，看飞泉滴落，自然而平常。

——朱良志

一场雨突然而至

【檐下的人，都羡慕地望着雨中的我们。而我，羡慕地望向皮哥：这么好的一杯酒，怎么被他先饮去了？】

如果没有一场雨突然而至，那会是一个多么平淡的黄昏。我们坐在水边吃晚餐，太阳已经落山，天空正在变得湛蓝，而云朵镶上了金边，像是一丛开在天空的巨大的花朵。

菜上来了。菜是道地的开化山里菜。青蛳，小杂鱼，豆腐，土鸡煲，都是山里常见的东西。山里的菜，你在别的地方是吃不到的。有时候我也会吃惊，明明看起来一样的材料，也是豆腐，也是蘑菇，也是青菜，为什么在城市的菜场里买到的，与在乡下人家吃到的，就是不一样。

酒也满上了。皮哥带来两瓶红酒，酒液倾入高脚杯，透过红色的酒液，可以看天空的云朵。我们就在桌边坐下来。这个叫作“蓝舍”的民宿，本身就隐在树林间，而此时，溪流的声响正若有若无地传来，数十米开外，两岸青山把一湾碧水揽在怀中。那水幽蓝幽蓝的，我用什么比喻好呢，宝石，玉带，都太俗，水就是水，却是它自己的颜色，纯净极了，沉稳极了，宝石或玉带都不及它。

一群人，在桌边坐下。在这样一个山野里的黄昏，有什么事情是比坐下来喝一杯酒更好的呢？

何况，是与三两个老朋友在一起。

一种奢侈的感受，是瞬间传递出来的，令人沉醉不已——比如天空的云彩，比如河流的声响，比如树林边的餐桌，一切都是刚刚好；以及，一场突如其来的雨。

雨来得那么急，那么大，室外用餐的两三桌客人一下子都跑走了，躲进了屋檐下。我们却有些贪恋这雨的酣畅。一顶遮阳伞刚好可以罩住餐桌，不至于淋到菜肴，雨丝飘到我们的脊背上，有些清凉却又舒适得很。四面一下子都是雨声了。这夏天的雨，并不恼人，感觉来得正是时候。

皮哥站起来，朝着雨幕举起酒杯：“这场雨太好了，我自饮一杯。”

说罢，他一饮而尽。

檐下的人，都羡慕地望着雨中的我们。

而我，羡慕地望向皮哥：这么好的一杯酒，怎么被他先饮去了？

有时候我想，我们对一场雨是否真的了解。

辛波斯卡在诗里说：“有什么东西在我们之间/又好像没有/有什么东西来了/又走了。”一场雨正是那来了又走的东西；一场雨的到来与离开，一下子赠予我们满腔柔情。

一场雨简直是上苍的恩赐。雨打湿了地面、桌椅，雨令烛光更为摇曳。这没有关系。年纪渐渐大起来之后，会更坦然而从容地迎接生命里的变化，包括一场突如其来的雨，甚至觉得这一刻是如此欢喜：在漫长的时间里，我们会有无数次晚餐，但这样的晚餐却是生命里的唯一。

那时候，如果要给远方的朋友写一首诗，其中一定会有这样的一句：

“哇，你要是在就好了。”

我们已经知道，有时候从遥远的地方赶过来吃一顿晚饭，并不是真为了吃饭。譬如吴兄是从七十公里外的地方赶来。而此刻，他把自己安放在一张椅子里，他背后的山影越来越幽蓝。许多事物比吃饭更重要——星星；一场晚霞（正如你错过的那次一样）；篱笆上的木槿花；烛光；甚至是，一场雨。

“明天你要去哪里？”皮哥问我。

我是想去山里转转，也没有具体的目的地，可以沿着一条河一直往上游去，或者跟着一头牛在田野里走一走。我想做一个漫游者——就在这山里。

这是八月某夜的事情。夜深之后，我躺在民宿舒服的大床上，觉得应该用文字把这个夜晚记录下来。顺便，想起了里尔克的几句诗：

> 谁此时没有房子，就不必建造。
> 谁此时孤独，就永远孤独，
> 就醒来，读书，写长长的信，
> 在林荫路上不停地
> 徘徊，落叶纷飞。

鱼鳞瓦

【鱼鳞瓦的屋顶之下，是一座遮风挡雨的家，是一纸水墨的江南，是一抹黛色的东方乡愁。】

1

三月。开车去何田乡，一路越往深山里走，越觉得山清水幽。

柏油路面曲折而宁静，带着我逐渐远离喧嚣。挡风玻璃上，渐渐地蒙起一层水珠。春天的雨在这山间飘动，仿佛有青翠之色。而这样一个人开车在山间行驶，几乎是一种享受。

白墙黑瓦，零星地在远处山林里隐现。真是好风景。我忍不住在路边停了车，远望河对面那林间的老屋，看那白墙与黑瓦。

层层叠叠的鱼鳞瓦构成的屋顶，斑驳的样子，真美。

站在河边，我无来由地想起海明威的一句话：“别担心，你已经写到了现在，你还会接着写下去。你所需的，就是写出一个真正的句子。”

那时候，22岁的海明威刚到巴黎，他站在窗口，凝视着巴黎满城由密密麻麻的几何形状构成的屋顶，这样给自己打气。

他说：“假如你有幸年轻时在巴黎生活过，那么你此后一生中不论去到哪里，她都与你同在，因为巴黎是一场流动的盛宴。”

而此时此刻，我凝望那黑瓦的屋顶，却想说：

如果你的童年，有幸是在一片鱼鳞瓦的屋顶之下度过的，那么，你此后不论去到哪里，她都与你同在。

鱼鳞瓦的屋顶之下，是一座遮风挡雨的家，是一纸水墨的江南，是一抹黛色的东方乡愁。

2

我喜欢鱼鳞瓦。

在浙西南乡间，这样的瓦曾经随处可见。童年时候，我们坐在瓦下听风。风是从山巅松林吹起来的，经过山涧，掠过鸟的翅膀，遇到一座屋脊，便顺势栖落，继而从瓦隙间钻了进来。风钻进来的时候，打了一个长长的呼哨。

天井是风的大门。夏夜我们坐在天井里，仰头就是满天星斗，夜空湛蓝。月中时月光如水，漫过天井，风在天井四面打着回旋，所有的燠热一下子就被带走了。

去年我到“五峰拱秀、六水回澜”的古老徽州，特意去看了好几座老民居。那些房子经风沐雨，显出古朴雅致的样子，在时光里静默，并且静默如谜。

我在天井拿了把竹椅躺下来，不一会儿，居然就睡着了。

天井里，有兰花开放，递出馨香。

这样的屋顶如今已不多见了。我在童年时经常遇到。杉木的檩子架在墙上，细密的椽条架在檩子上。一片片瓦排着队，肩并肩，手拉手，重叠着从屋脊一直排布到屋檐。单独的瓦片，本来最为简单的几何造型，因为群体的构成而造就了奇迹，仰放则为谷，反覆而成峰，峰谷相连，山意起伏。这样的屋顶，呼应着远处的山林，近处的树影，也呼应着鸟的翅膀，风的足迹。

风在瓦隙间掠过，有如带笛行走。

急雨敲瓦，更有激昂之声。譬如盛夏时的暴雨来临，风携带着雨，哗，一阵急，哗，一阵缓，可以听见雨的脚步，在瓦背上奔跑。一忽儿过来，一忽儿过去。声声切切，万马千军。

这样的老屋顶下，宜弹一曲古琴来听。

尤其是在下雪之后。雪落江南，不像落在东北那么恣意，那么狂野。雪在江南是克制的，下了一夜，就不下了。或者，在瓦上铺了半尺，最多不过一尺，就不下了。于是太阳出来，冰雪融化，雪水沿着瓦隙滑到檐边，滴答滴答，敲打在石阶上，冰凌也在屋檐下越挂越长。

雪铺在瓦上。黑瓦不见了，代之以一片素净。雪让屋顶变得温柔起来。雪让整座村庄变得像一个童话。

雪屋顶下，是炭火、火炉，是煮沸的茶，是躲在灶后猫耳洞里打鼾的猫，是一串串腊肉与一串串油豆腐，是越来越浓的年味。我们坐在檐下，手里笼着一只火熜。火熜里煨着一只番薯。嗯，快过年了。

所以不管你什么季节，在鱼鳞瓦屋顶下都可以闻见：

青草。竹林。茶园。花朵。紫云英。银杏。板栗。

可以听见：

五月的山歌。八月的号子。鸟鸣。鸡叫。蛐蛐声声。月光如流水潺潺。

3

后来，这样的屋顶就一座一座从村庄里消失了。

好在开化还有不少。

我在乡间行走，譬如说，春天去看梨花，或者深秋去采柿子的路上，就能不经意地遇到这样的鱼鳞瓦的屋顶。虽然在大部分地方，颜色朴素的鱼鳞瓦早已被色彩艳丽的琉璃瓦取代，但是在这样的山野之间，总是会遇到不少惊喜。

有一年，我去高田坑村，看见那么多完整的夯土墙与黄泥屋。黄泥屋的屋顶，就是成片的鱼鳞瓦。秋意真浓呀，在高田坑，村民们把秋天丰收的辣椒用竹匾盛起，搁在这样的瓦背上晾晒。秋天的阳光打下来，整座村庄都是温暖的颜色。

那样成片的鱼鳞瓦的屋顶，真是珍贵呀。

要是在日本，说不定，高田坑就可以变得跟“合掌村”一样有名。

合掌村——位于日本岐阜县白川乡山麓的一个小村庄，有110多座民宅，都是用茅草搭建的人字形木屋顶。那里水田很多，河流缓慢，就跟开化的山水自然一样宁静。

这个村庄最特别之处，即有名的“合掌造”，也就是这样的人字形屋顶，用稻草或芦苇等铺就。远远望去，那屋顶就像两掌相抵，也像一本打开的书，屋顶很长，几乎要延伸到地面的样子，侧面看去就是一个三角形。这样的“合掌造”传统建筑，始于约300年前的江户至昭和时期，而后流传下来，成为极具当地特色的建筑形式。

这样的屋顶，十分切合那里的自然环境——为了抵御大自然的严冬和豪雪，村民创造出这样的屋顶，有着大约60度的急斜坡面，不易被大雪压垮。1995年，合掌村由此成为世界文化遗产。

在高田坑，我看见那么多夯土墙和鱼鳞瓦屋顶，就不禁要赞叹起来。只有在这样的大山深处，这些

朴素的民宅才得以穿越时间保存下来。这些房子都凝聚着村民的生活智慧，也收集着每一户人家的悲喜日常。而今大多数人已经搬离，有的进了城，有的搬进了山下的楼房，但是这些房子还在，那些逝去的旧日时光也依然还在。

你说，这些房子只剩下怀旧的价值了吧。

其实远远不止——你要相信，它们的价值，远会比我们现在能想到的更多。

4

瓦由泥土烧制而成。旧瓦尤有朴厚与宁静之美。

泥土能接通人与自然的气息。所以人住在这样的房子里，便可以让松涛、流泉、风吟、虫鸣都涌进来。人睡在瓦下，也有山林之气。

上次到中国美院，去看民艺博物馆的展览，发现这座博物馆里居然用了那么多的瓦片。瓦片被设计师做成了建筑的墙，而且是镂空的墙——钢丝索固定着一片片瓦片，构成了外墙的表皮。在这里，瓦片不再是屋顶的一部分，而是墙壁的一部分——远远看去，瓦片就像悬浮的一样，光线透过瓦片与瓦片之间的间隙，在地面投下奇妙的光影。光线朦胧，若隐若现，有若雨后步入竹林，枝叶摇曳，风语轻吟。

钢丝索上的瓦片，有一种轻灵感，又有一种脆弱感：生怕有一片瓦会掉下来。

在宁波博物馆，我也被墙壁里的旧瓦所打动。设计这座博物馆的是获普利兹克奖的建筑师王澍。他用了大量的残砖旧瓦，来建这面“瓦爿墙”。“瓦爿”就是当地人所说的残砖碎瓦。这座博物馆，用了大约上百万块的旧砖旧瓦，包括青砖、龙骨砖、瓦、打碎的缸片等。这些东西，大多是当地在旧城改造时，到处可见的建筑碎片。

面对这样一座墙，会觉得城市的记忆与历史，被这些残砖碎瓦给接续上了。

5

瓦是砖瓦厂烧制出来的。我们村庄附近从前就有砖瓦厂。工人从田中取泥，摔坯，割泥——用铁丝割泥，割出一块砖，割出一片瓦。再层层叠叠摞进窑子里烧。几天几夜，火让砖成了砖，让瓦成了瓦。

砖瓦工人真是辛苦。远远看去，他也像是一个泥人。

现在没有这样简陋的砖瓦厂了。如果鱼鳞瓦需要更换，也买不到了。那些趁天晴时上屋顶翻瓦检漏的人，常常一边检漏，一边叹气。

这样的瓦顶，早已被吴冠中画进了他的江南中。青山老树，屋舍俨然。乌黑的瓦、洁白的墙，是吴冠中每一幅水墨江南中都有的元素。白墙是虚的，黑瓦是实的，这虚与实之间，已然是一整个的江南了。

我在开化山野间行走，遇见那些白墙黑瓦的老房子时，真想去问一问，他们的瓦是哪里买的，还能买得到吗？我觉得是不容易买到了。

隔着一条河，我看见对岸的山林、炊烟、鱼鳞瓦，就觉得那才是故乡的屋顶。这春雨点点滴滴地落下来，敲打在瓦背上，或者又从屋檐淅淅沥沥成串地落下来，你也一定会觉得，整个江南的乡愁，都在这样的瓦隙间了。

你说，为什么在都市里，建筑师们要用残砖断瓦搭建起一个思乡的房子呢？那哪里只是建筑，真是一个世界呀！那是一个远方的世界，是精神的远方。那一片片的鱼鳞瓦，翻过来，两边卷卷，可以盛放流浪的乡愁。

看花

【看花是件清雅的事。比看花更重要的，是与谁一起看花。】

苏州文人沈三白，在他四十六岁那年写了一部《浮生六记》，记下自己生命中的闲情逸致、生活际遇，其情也真，其文也朴，颇可一读。在《闲情记趣》一节，写苏州油菜花开时，满目如金，很想出去赏花饮酒。芸娘献计“馄饨担”，但见那一天，“至南园，择柳阴下团坐。先烹茗，饮毕，然后暖酒烹肴。是时，风和日丽，遍地黄金，青衫红袖，越阡度陌，蝶蜂乱飞，令人不饮自醉”。

看花是件清雅的事。比看花更重要的，是与谁一起看花。芸娘多么可爱，林语堂称赞她是“中国文学史上一个最可爱的女人”，与芸娘一同出行、饮酒、看花，可以想见有多美妙。人最难得的，是拥有一个有趣的灵魂，芸娘，沈复，不都是那有趣的人么？

油菜花开了，一起去看花吧。沈复文字中写的就已令人向往不已：“既而酒肴俱熟，坐地大嚼，担者颇不俗，拉与同饮。游人见之莫不羡为奇想。杯盘狼藉，各已陶然，或坐或卧，或歌或啸……”

有时仅仅是一次简单的野餐，因用了别致的心思，就此在生命中留下深刻印记。其实人的一生，白驹过隙，有多少光阴是匆匆虚度了的，甚至连一丝波痕也未留下。当我们回首时，只觉岁月忽已晚，却难以记起多少珍贵的时刻。想想看，唯有那些留下深刻印记的时光，才是生命中最可宝贵的，才算是没有被虚度了的片断。

菜花年年黄，同看花者有几人？

我记得有一年春天，去云南访茶。入茶山，看

几百年上千年的老树。在山径上漫步，越走越慢，把自己从人群里丢下，遗落在茶山上。夜深，又去茶农家里喝茶，看他们炒茶，听茶的事。

晚上喝酒的时候，有人唱起了歌。我用手机录了一点下来，每次听，都很喜欢。夜里的歌，有一种汪洋与恣意，有一种欢畅与自我。我想起了几位朋友的歌声，在另一些夜晚唱出来，也是与萤火虫、细雨、山野、江流在一起的——真是纯净美好。后来，我还写了一篇文章，《天真的人，在夜里唱歌》，记下了那样一些夜晚的片断。那些短暂却美好的记忆，可以一直储存在人生的行囊中，历久而弥新。

与沈复一样，今人依然热爱看花，尤其是春天，许多人会去远方看油菜花。油菜花有什么好看的？我以为不过是农人的日常生活罢了，当不得上佳的风景。近些年，全国各地遍植油菜花，不仅江南有，青藏高原也有，不算什么稀奇的事。

早许多年，我去开化，在“江南小布达拉宫”台回山看油菜花，油菜花层层叠叠，美则美矣，未曾觉得震撼。

又有一年春天，油菜花开时，参加一个摄影大赛，拍了一张开化马金溪的碧水照片。碧水之上，两只鸭子悠游而过，碧水之中，两棵老树与一片油菜花倒映其间。鸭子划过的些微涟漪，正好让水面的光影涂抹开来，有如一幅油画。这幅照片得了摄影比赛的一等奖，获了一千元奖金，使我印象深刻。

还有一年，去内蒙古呼伦贝尔大草原，见到了一大片广袤大地上的油菜花盛景。我原以为呼伦贝尔大草原上有草，风吹草低见牛羊，却未料得油菜花开得那样轰轰烈烈，无边无际。车子在草原上开呀开，油菜花在窗外延绵不断。我记得那是2008年的夏天，我从汶川地震灾区回来，不久参加了那次疗养活动。蒙古高原的天空湛蓝高远，油菜花如此金黄，如此明媚，让我一瞬间恍惚失神。

汲古

【人越往茶山深处行去，心越是安宁，越是欢喜。】

清明前，友人相邀到龙坞去玩。龙坞，杭州城郊一座茶的村庄。茶园是层层叠叠起伏的，大家在茶园里走一圈，吹吹山上的风，然后到茶农家里泡茶，买茶，吃饭，饮酒。

清明之后，便到开化去了。开化也是出好茶的地方。我甚至以为，开化的茶并不比龙坞的差。现在经常有人到杭州，要买龙井，却不知龙井有几种，西湖龙井，杭州龙井，浙江龙井。西湖龙井是核心区的茶叶，杭州龙井则好大一圈，至于浙江龙井——无非是各地的茶叶，采用龙井的炒制方法罢了。

开化的茶，我二十年前常喝，那时年轻，只知道它是那么一种绿茶，喝也喝不出特别的滋味来，更不知道这茶的背后，有什么样的故事。后来才知道，20世纪70年代末，也就是跟我出生差不多的年代，开化当地有几个农业技术人员，满山寻找老茶树，最后到了一个叫作龙顶潭的地方，找到几株珍贵的野生茶树——那山顶上，居然真有一汪潭，潭水汩汩，奔涌不息，饮一口，自是甘冽异常。潭满，则水溢，溪流则四时潺潺。那是1979年的早春，几个人，带着铺盖、干粮，背着炒茶的工具，上了龙顶潭。白天采茶，晚上炒茶。他们在那老林深处，住了半个月，手工炒制出十斤茶来。取山泉水煮了泡出来喝，都觉得好。那么，取个什么名字好呢，着实伤了一番脑筋，后来，因为是在龙顶潭采制的茶叶，就顺势呼作“龙顶”，于是，有了龙顶茶。

这是当地的朋友说给我听的；掐指这么一算，

居然也四十多年了。那么，他们几个人现在是在哪里呢？他们是不是也要为这茶叶庆贺一下呢？我无从得知。只知道的是，龙顶茶如今，也算是颇有些声名在外的。有一次，是在春天吧——看着烟雨蒙蒙，山色青翠，茶园层层叠叠很是好看，我就动过一个念头，想爬上那有龙顶潭的山顶去看一看，饮一口甘洌的泉水，再看一眼那百年的老茶树，摘几片茶叶下来自己做一做。想归想，听人说那里丛深林密，人迹罕至，早已是道路湮灭、荆棘遍地，终于也就罢了。

追根溯源，要说西湖龙井，也一定要说到老茶树的——狮峰山下，有一座胡公庙，胡公庙前用栏杆围了十八棵茶树，被称为“十八棵御茶”，已是标签式的存在了。前文提及“西湖龙井”，其实，此中又有狮、龙、云、虎、梅之别；狮峰山的茶，自然算是好的，也并非都来自这些老茶树。惜乎这几年，“十八棵御茶”成了过热的话题，加诸其上的传说，真假难辨的轶事，令朝圣者络绎不绝，我去过两次，人声闹猛，都是去那里吃饭的人，后来也就没有再去的兴致了。

倒是有一年，我去了云南澜沧县的景迈山，是奔着古茶树去的。在景迈山世居的民族，有傣族、布朗族、哈尼族，还有十多个村寨；茶山上迎面走来背着茶篓的老人，或是骑着摩托车的妇女，多身着自己民族的服饰。她们神态高古，举止淡然。我们行进在石头铺就的山道上，身旁的古树虬劲沧桑，远处鹧鸪声声，而天高云低，山林清静。人越往茶山深处行去，心越是安宁，越是欢喜。

景迈山的茶树，真是古老，居然有两三人才能合抱的大树。那古老的茶树，就生长在人家屋舍之旁。村落，是在大山的怀中，房舍与古茶树，也在大山的怀中；人在森林中，屋在古树旁，这种相依相伴的关系，令人觉得安宁。

我在茶山上行走，不知不觉脚步慢下来，夕阳西下之时，人隐在苍劲的茶树之下，见那青苔布满茶树干，又有“螃蟹脚”在枝干上长出，我摘了些许

“螃蟹脚”于口中细嚼，益发觉得时光在这景迈山上，运行得异常缓慢。到了夜晚，满天星斗，我在山民家中住下，夜深时还饮一盏古树普洱茶，有山野之气盈于胸中。

这真是：摘得万山绿，烹得一壶茶。既而想到，饮古树茶，或可以谓之——汲古。

立夏杂志

【门前的泡桐花，这些日子已经开得乱糟糟了，落在水缸里，一枚一枚向上漂浮在水面上，就像是画上去的一样。】

1

一走进菜场，便觉日子鲜活。这天逛菜场，蔬菜摊子上满目翠绿，黄瓜、茭白、野山笋、豆苗、香椿，都是时鲜之物。好些人在买豌豆，有带豆荚的，也有剥好了的，热热闹闹的样子。摊主说今日立夏，宜做糯米饭吃。

做糯米饭想来复杂，其实简单。把糯米浸泡一小时，沥去水分；热锅放油，将蒜米炒出香味，加入豌豆、咸肉丁，也略炒出香气，再把糯米放入，加盐、生抽、料酒及一点点红辣椒，翻炒过后，转移入电饭煲，加少量水煮熟；熟之后搅拌均匀，再焖一焖，香香的焖糯米饭就做好了。油亮亮的糯米饭，碧绿的豌豆，红色的咸肉丁，真是一年当中色彩最好的一碗饭。

从前在乡下过日子，翻炒过后的糯米，并不转移到电饭煲，而是在柴灶铁锅里焖熟。这是十分考验技术的事。柴灶里火势要旺，继而火势要敛着，以小火慢慢地煨；中间也不能揭开锅盖，否则容易夹生；时间控制得刚刚好，锅里的米都熟了，柴火撤除，开锅略微翻炒，锅底尚有一层微微的焦黄，正是锅巴最香的那种；糯米饭的软硬度也适中，油光发亮，夹杂以豌豆的绿、肉丁的红，真是引人食欲。

记得有一年，我去采访一位老人家，听他聊半生往事。他于1949年从上海暨南大学的新闻系毕业，时局风云变幻，他随同学一道避走台湾，第二年又由台湾方面秘密派遣回来，肩负搜集情报的任务。他内心虽不情愿，在那滚滚历史潮流里也是无力主宰自己的人生。1952年，他向组织坦白，交待了自己的特殊身份，随即被捕入狱。待到刑满释放，已是十几年后，此后在西北挖矿、做工，等到落实政策，当了一名中学老师，终于结婚时已是五十多岁。他十分珍惜这来之不易的幸福，家庭平和温暖，工作也尽心，多次被评为市级优秀教师——那天我们就在他所住的老旧又逼仄的职工宿舍，聊起这些往事，时光镜头来回切换，半生岁月历历如昨，又仿佛转瞬即逝；而他的老伴，那一头白发的妇人，一直在厨房里忙碌，出来时，手上捧了一锅豌豆糯米饭——我这才记起那天是立夏。她一定留我在家吃饭，似乎我还与老先生饮了一杯酒；但我却因那一碗豌豆糯米饭，记得那一天，而且印象是如此深刻。

2

十年前，我还在小城衢州生活。立夏前一天的傍晚，下了一场稀里哗啦的大雨。雨停，和三五好友驱车前往药王山，一路空气闻起来甜滋滋的，满目的青翠欲滴，十分养眼。

傍晚的药王山，很是安静。车轮在柏油路上驶过，留下沙沙沙的声音，不时有鸟儿飞来飞去，几声鸟鸣让山更添几许幽静。药王山下，溪水淅沥地响。“空山新雨后，天气晚来秋”，意境也不过如此吧。山尖上的云岚缭绕，使青山若隐若现，人不登上山去，只那么远远一望，心里便是一片的宁静，一片的清澈旷远了。

药王山脚有村民端碗，站在溪边吃晚饭。他们吃的食物叫“饭粿”。饭粿是当地村民在立夏这一天必吃的传统食物。其主料是大米，把米饭煮熟，碾碎，再搓成擀面杖粗细的长条，继续搓成小条，切成小段；放水，入新鲜豌豆，入细笋丝，撒上葱花与干辣椒……这山村人家的简单食物，却令人赏心悦目，豌豆碧绿清甜，笋丝鹅黄鲜嫩，加之翠绿和深红的点点葱花与辣椒，连汤带汁的一碗，呼啦呼啦入得口中，豌豆是甘糯的，笋丝是鲜美的，米团子是有嚼劲的，这一碗立夏的食物滋味丰富，吃起来深觉过瘾。

原本是平淡无奇的白米饭，在立夏这一天，变出一碗诱人的饭馃，这是乡村单调日子里的花样吧。

立夏食饭馃的风气，其实在浙西乡间颇有一些地方流传；但我们的村庄，普遍的是会在这一天吃乌饭。这也是江南常见的了。乌米饭，本是用的白色糯米，之所以其颜色会变得乌青发亮，是乌饭树的功劳。乌饭树长在山上，是一种灌木，采其枝叶，捣汁以浸泡糯米，蒸煮出来就是乌饭了。杭州的菜场里，立夏前一两天都有乌饭叶卖，只是量少，去得晚了，便常常不易买到。

宋时林洪著《山家清供》中，说到“青精饭”，乃是用“南烛木”（一名黑饭草）制成——“采枝叶捣汁，浸上米白好粳米，不拘多少，候一二时，蒸饭曝干，坚而碧色收贮，如用时，先用滚水，量以米数，煮一滚即成饭矣。用水不可多，亦不可少。”

看来用以制乌饭的，绝非“乌饭树”一种东西。明朝的方以智，在《通雅·饮食》“青飷饭”条下称：“青飷饭，乌饭也。今释家四月八作，或以乌桕，或以枫。”乌桕或枫叶也可以做乌饭吗？我是存疑的。阴历四月初八前后，即是立夏，这与今时无异。

林洪说，青精饭“久服益颜延年”；杜甫也说“岂无青精饭，使我颜色好”。其实立夏日吃乌饭，除了“益颜延年”的作用，更主要是人们认为夏天来了，吃乌饭可以防虫驱蚊。所以民间有“吃了乌饭糕，蚊子不会咬”的说法。

——立夏，是夏天的开始。“斗指东南，维为立夏，万物至此皆长大，故名立夏也。”《逸周书·时讯解》云：“立夏之日，蝼蝈鸣。又五日，蚯蚓出。又五日，王瓜生。”夏天一开始，蚊虫就来了。这几天我们乡村，大概因为天热，夜间果然已有蚊子嗡嗡叫着在空中出没。一念及此，不由要多吃一碗乌米饭，管它有用还是无用呢。

3

立夏过后，我在山城开化住了两天。写作的间隙，从所住酒店出来闲走，就走到了不远的菜市场，看见菜摊上还有老婆婆在卖小野笋。

笋是我一直喜欢的，尤其是小野笋。在老家，随便走到屋后的茶园里去，在黄泥地里随便找，就能找到白胖的小野笋。那是最鲜美的食材。几年前我在乡间居住，常拔了这样的小野笋，剥壳洗净，用刀拍扁，再切成几厘米长的小段，炒起来吃，鲜美至极；或是做成汤来吃，也是鲜美至极。

我之前在一篇文章里写过小野笋：

> 漫山遍野的小野笋，从黄泥里拱出来，是胖乎乎、白嫩嫩的，而这时候该是仲春了。山

花烂漫时节，赶上小笋旺年，撇开个头较大的麻壳笋不说，光是白壳的野竹笋也是拇指粗细。老家后山的那片黄泥地茶园里，不光有无数的野草莓可以吃，那里的小野笋也是最粗壮，味道也是最鲜美。童年时我常和邻家孩子一起，从这垄茶林钻入那垄茶林，只用小半天，便可以背个满满的大布袋而归了。

每年春天我都念叨着回去拔小野笋，都不能如愿。去年春天，母亲托人从老家给我带了一编织袋的小笋，让我激动了好多天。不能去山上拔笋，在家剥小笋也是过一过瘾的办法。从笋尖上揉搓几下，撕成两半，“势如剥笋”地剥开外衣，白嫩的笋肉便袒露出来。一看而知，我是剥小野笋的老手了。把笋肉切断，拍扁，放入雪菜同炒，一个字：鲜！笋肉切小断，也拍扁，放半颗番茄一同煮汤，两个字：真鲜！

我从菜场里买了一把小野笋，准备带回杭州去

吃。在开化的山里，我时常可以遇到背着布袋子爬山的妇人，说是去拔野笋的。有一回，我还和当地的朋友相约，一起去拔笋，后来终究没有成行。

其实，自己上山去拔小野笋，是非常快乐的事情。后来我回到城市中，还会在心里叹一口气，想，要是自己这会儿在乡下就好了。

立夏时节，富春江的步鱼也有了。春笋步鱼，也是杭州的名菜。步鱼，也就是鳢鱼，一种个子小小的鱼，通俗的叫法为土步鱼。我有一次到菜场——我大概真是热爱菜场吧——与一个从前是钱塘江渔民的卖鱼老夫聊天，他听到我问步鱼，便似乎高看一眼，指着水池里小小的鱼儿对我说，喏，步鱼，这几天太少了，只有这么三个。我一看就笑了，说这三个，塞牙缝还不够呢！

步鱼确实个子很小。然而以其个小，才更是鲜美。袁枚在《随园食单》中说："杭州以土步鱼为上品。……肉最松嫩，煎之、煮之、蒸之俱可，加腌芥菜作汤、作羹，尤鲜。"但我以为，最鲜的做法，还是春笋步鱼。春笋与步鱼，都是春天到初夏时节的妙物。民国《萧山县志稿》记载，步鱼“出湘湖者为最，桃花水涨时尤美”。这样春和景明的时节，吃一道春笋步鱼，可不负春光。

杭州人春天的食材里，经常用竹笋，以其鲜也。杭州最有名的面“片儿川”，就是要用笋片来做浇头才是正宗。然韶光易逝，春不常在，过了这个季节，笋就吃不上了，那怎么办？只好用茭白来代替了。吃茭白浇头片儿川的时候，人就会异常敏感地想到，春去也，春去也。

4

立夏这天要吃“立夏蛋”。所谓立夏蛋，也不过是普通的茶叶蛋而已。但立夏这天吃了蛋，热天不疰夏。疰夏就是小孩子食欲减退，吃不下饭而消瘦。吃了茶叶煮的蛋，就不会疰夏了。

还要称一称孩子的体重，也是跟孩子健康有

关——传说刘备死后，诸葛亮把他儿子阿斗交给赵子龙送往江东，并拜托吴国孙夫人抚养。那天正是立夏，孙夫人当着赵子龙的面给阿斗称了体重，来年立夏再称一次看体重增加多少，再写信向诸葛亮汇报，由此形成传入民间的风俗。民间衡量健康，一贯是以体重为标准，体重增加便值得欢欣鼓舞。所以立夏这天称人，也是有讲究的，说移动秤砣时，只能向外挂，表示数量增加，而不作兴往里头移。时代变化了——你看现在，大人们都以苗条为美，平日里的健身房也常常人头攒动，都要减肥呢，立夏日这天也不例外，没有见哪个健身房或减肥中心在立夏这天放假的。

浙江一带民间，有一首关于立夏食俗的民谣：

青梅夏饼与樱桃，
腊肉江鱼乌米糕。
苋菜海蛳咸鸭蛋，
烧鹅蚕豆酒酿糟。

可惜，现在的海蛳有毒，已不可食用，姑且止于观赏吧。

门口，一株枇杷树，果实也越来越黄了。我看树丛里有些鸟儿飞来飞去，故意从枇杷树间飞过，是不是也在算计着枇杷的成熟日期？如果要吃，这时节的桑椹是最好的了，乌紫乌紫的，孩子们钻进桑林里，出来的时候，连嘴唇周围一圈也是乌紫乌紫的了。

说来说去，似乎立夏都是跟吃有关。门前的泡桐花，这些日子已经开得乱糟糟了，落在水缸里，一枚一枚向上漂浮在水面上，就像是画上去的一样。泡了两天，那些花瓣变得有些近乎透明。

花落完，春天就这样过去了。我想起南宋诗人翁卷的诗句：

> 绿遍山原白满川，
> 子规声里雨如烟。
> 乡村四月闲人少，

才了蚕桑又插田。

父亲准备好了稻谷的种子，再过三四天，就要浸种了。浸种即是把谷种放在水中浸泡，使它吸足水分，然后置于温暖湿润的环境，催促它发芽。催芽两日夜后，可以播种。然后那些秧苗，就在秧畈里渐渐生长起来。起先稀稀疏疏，渐尔绿意越来越浓密——立夏过后的农事也是如此，越来越浓密了。

遥遥寄微入远方

【扭头回望高田坑，见湛蓝的天空下，隐于深山的高田坑恍若一首诗。】

1

我喜欢在深秋到山里去，秋阳明媚，山上的颜色也在一层一层加深，变黄或变红。仿佛就在十天半个月里，山野一下子热烈起来。一抬头，见山见水，见云在天，见风在林，人也轻快起来。

独自开车进山。一路上人迹少至，车也少，觉得这山林，这秋天，都是我的了。

空山的意境，我很喜欢。小时在秋日山中砍柴，松风簌簌，红山楂若隐若现，整个山谷空旷无人，偶尔有鸟叫从远处传来。

夕阳西下的时候，树林尤其美。逆光里的树枝，被夕阳镶上金边，光线在树叶上摇晃，也在满地厚厚的松针上移动。我们挑起小小捆的柴禾，走在下山的路上。

所以后来当我读到王维的诗，就想起我故乡的山："空山不见人，但闻人语响。返景入深林，复照青苔上。"那时读到这首诗，只觉得寂静美好，并不明白诗里的深意。现在读，自然添了许多的感受，尤其是在有过许多的生活经历之后，诗里的纯净天真，愈显珍贵。

看见路边地里，有一个收毛豆的人。我把车停在路边，下来拍了几张相片，然后远远地望着他劳作。

毛豆已经很成熟了吧，叶子都变成枯黄的样子了，最后的一点绿意，也在经历几场晨霜之后褪尽铅华。他把这样的毛豆连根拔起，扎成大捆，直到那一小片地里的毛豆都被拔完。然后他挑着两大捆毛豆，沿着河边的小路，颤颤巍巍，一直向远处的村庄走去。

他的身后，土地像一张交了卷的课桌，那么坦诚、干净。

我是去高田坑转转。那个遥远的村庄，我曾去过，念念不忘，而今又想去感受不同季节的味道。

云朵之上的高田坑。宛如世外的高田坑。

实在是太高太远，以至于许多人坐车都觉得有些晕。而我是因为喜欢开车，觉得颇有乐趣，尤其是在这样的山道上，几乎每一个转弯都是一道风景。譬如在路上，看见行走的山民，看见收割稻子的农人，或者收获毛豆的人，我都愿意停下车来，静静看一会儿。这就是一个人出行的好处，想在哪里多停留一会儿都可以，不想走了就停下来。

有一次，我忘了去哪里，在路上遇到一阵暴雨，那阵雨来得猛烈，我找了一个开阔的场地停下车，就在车上美美地睡了一觉。雨点打在车顶噼啪作响，人在车里睡得酣畅极了。车窗是一道屏蔽，把世界阻隔了一道；大雨又是一道屏蔽，又把世界阻隔了一道。真享受！

这样一想，我们也就明白了，为什么很多人愿意去荒无人烟的地方行走。我有一位朋友，每年有两三回，她会去地球的各个角落潜水，几乎是上瘾的状态。这样的出行，成为日常朝九晚六上班状态的必备调剂——每一次潜入深海，她都觉得像鲸鱼一样自由自在；而每一次浮出水面，都仿佛忽然被拉回人间。

2

高田坑是开化海拔最高、保存最完整的原生态古村落。海拔高，将近七百米；保存完整，是赖其偏僻；古，则主要是指它的气质，古朴，古意，古拙，都很确切。

依然留在这山里的人不多了，只有些中老年人，日常在村庄与山村之间隐现，依靠最古老的技能生活。他们春天挖笋，采茶，栽番薯；夏天屋后的黄瓜茄子丝瓜摘不完，辣椒也挂满枝头；秋天要忙碌得多，收稻谷，打板栗，摘南瓜冬瓜，挖番薯，事情太多了，每天一醒来都有很多活儿要干。山里人的秋天有着满满的获得感。土地与山林，给予他们这种生活的回馈。这很重要。他们因此而留恋这里，觉得一切都好，年轻人在山外的世界，描述得再美，也不过是“他们的”世界，对此，他们不会有一丁点儿羡慕。

果然，收获就摊开在我们的眼前。一匾一匾切好的红辣椒，满地的玉米棒子，还有豇豆干、南瓜干、冬瓜干，以及竹匾里洁白的番薯粉。那些竹制的盛器，许多都因为岁月久远而显得残破，露出了沧桑迹象，但老器物上的光泽与质感，承载了光阴的痕迹。那些竹匾有大有小，多数都是圆形，有的架在两三根竹架子上，有的横搁在溪涧之上，有的置于瓦背上，有的干脆就摆在门前空地上，一匾一匾里装满了秋日的阳光，以及红的黄的白的种种颜色。这些颜色，吸引着许许多多山外的人来到这里，举起相机手机，拍个不停。

这个小山村的古意，还在于山里人的神情。他们看见有人来到门前，就招呼人进屋里坐。并且，忙不迭地泡一杯热茶给你，说："这是自家炒的野茶，炒得不好，没那么香……"事实上，这样的茶一入口，就觉得很好，口齿噙香，这香气里，仿佛还有灶火气息。果然是山里的味道——门前溪涧里潺潺而下的山泉，山上终年不散的云雾与烟岚，以及几十年在山里生活的一双手，最后，才能泡出这样一杯茶的味道。这样的一杯茶，在泥屋瓦墙之下，缓缓地喝，喝着喝着，仿佛心里就有了一座空山。空山不见人，但闻人语响。

一棵梨树，长在溪涧之侧，水从梨树脚下淌过。

主人手脚麻利地上树，摘了三四颗梨。

喝茶。吃梨。

3

高田坑最好的事情，是还有一片星空可以看。

我没有带帐篷，就想着下次有机会，再来看星空。

离开高田坑的路上，想着该给许久不曾联系的朋友写一封信，譬如这样——“远人兄，久未联系，我在遥远的高田坑给你写信……这里有一座空山，整片秋色……你在异国他乡，是不是也会想念一些事物，譬如泥墙土瓦，山泉野茶，或星空下的夜谈，及乡野的滋味……”

若是远人兄想吃一些南瓜干，我应该也可以为他寄一些过去。

辣椒干、豇豆干、冬瓜干，都可以寄一些的。

一个人在弯弯的山道上开车，正是傍晚，云山秋色入眼来，车后座上摆放了好些东西，南瓜冬瓜都有了，还有一大袋番薯，都是向山农买的。

满满的获得感，令人高兴。

转弯的地方，一树乌桕红得好看。我又停车，多看它一眼。扭头回望高田坑，见湛蓝的天空下，隐于深山的高田坑恍若一首诗。

月光溪水，晚霞花朵

【这大山、丛林，以及山水丛林间的草木光阴，便是它禅寂一般的精神，是它所能提供给外部世界最重要的启发。】

1

一翻就翻到了那一页：

1823年9月5日，一辆旅行的马车缓缓地行驶在从卡尔斯巴德通往埃格尔的乡村公路上，萧瑟的寒风在凉意袭人的秋日清晨掠过刚刚收割完庄稼的田野，在广袤苍茫的平原上，依然是一片蔚蓝的天空。

马车里，歌德正在构思他的诗句。七十四岁的歌德用所有的激情爱上了只有十九岁的少女乌尔丽克，火山般喷发的爱情使他整个情感世界为之震颤。这一天，歌德怀着悲伤的情感乘车离开，在颠簸的车厢，他写下了绝世之作《玛丽恩巴德的挽歌》。

这是歌德一生中值得纪念的一天。

2

翻到这一页的时候，是2019年9月5日凌晨两点。

我刚刚结束在书房的工作，随手拿起一本书进了卧室。这是多少年的习惯。洗完澡，调整好床头灯的角度，开始翻读这本书。

于是，《人类群星闪耀时》的某一页，就这样机缘巧合地摊开在我的面前。

相隔一百九十六年的一天。

这是九月的诗简。“如今，花朵仍旧漫不经心地绽放，再次的相逢，又有什么可以让我们期盼？”

天亮时，我想去拜访歌德……他一定是在山野之间，在与我故乡一样霜浓露重的深秋清晨动身的吧。眼前的村庄，清晰的田野，还有一直延伸向远方的道路，不知道有多少与歌德有过类似情感体验的人走过……

3

这也使我想到，人生命中的极致体验，以及人一辈子所能遇到的美好情感，都是有限的。或许，它们要在人生沉寂很久很久以后，才像火柴突然擦亮，在黑夜里，发出摇曳夺目的光彩。

但是，你无法预知那一刻什么时候到来。甚至不知道它——会不会到来。

而且，它的光芒是那样稍纵即逝，无法捕捉。

又过几天，翻开一本旧书，其中有川端康成的一篇《花未眠》。我读到这样几句：

> ……凌晨四点凝视海棠花，更觉得它美极了。它盛放，含有一种哀伤的美。
>
> 花未眠这众所周知的事，忽然成了新发现花的机缘。自然的美是无限的，人感受到的美却是有限的。正因为人感受美的能力是有限的，所以说人感受到的美是有限的……

这与斯蒂芬·茨威格在书写歌德一文时所怀的情感，何其异曲同工。自然之美无限，正如世间永恒的爱意；然，一个人一生当中，所能感知与触碰到的美好，却是那样有限，甚至那样难得。

4

“美是邂逅所得，是亲近所得。这是需要反复陶

冶的。”

凌晨四点，川端康成被一朵未眠的海棠花点醒，或曰开示，从而得到生命的启发；它使人知道，有些事物的美好，原本就在那里，而你浑然不知，如果要感知，却是需要很好的机缘。

诚如王阳明所说：你未看此花时，此花与你同归于寂；你来看此花时，则此花颜色一时明白起来。

——世间许多事，何尝不是如此。

5

记得某年深秋，我与稻友十余人，在一个叫山古志的村庄里停留。

夜宿山村，秋虫鸣唱，四面黑漆漆的，月亮星星都被厚厚云层遮蔽。本以为不过是一次寻常的逗留，也没有什么惊喜了。不料，第二日，在村庄中一个规模极小的展览馆内参观时，我见到墙上一幅画，十分眼熟。

后来想了想，一下明白过来，是我在翻了很久的一本书《故乡，心里的风景》中看过这幅画——回来后翻书，果然，作者正是原田泰治。

2001年4月，插画家原田泰治曾以山古志村的芋川河畔民居为背景，创作了《雪村》。画中呈现冰雪消融季节的美景。2004年10月23日，小村遭遇超强地震，芋川河形成堰塞湖，画中民房，悉数被淹。

地震的情形，我们在展览馆中看到了。对于村庄来说，那是巨大的灾难。原田泰治为给重建家园的村民打气，决定再画一幅新作品。他以山古志村的山林、梯田、池塘、锦鲤、民房为主题，创作了这幅《山古志村的春天》，配文云：

> 山上一片新绿，野菜在田里露出了头，颜色鲜艳的锦鲤在池塘里游来游去。老婆婆在院子里晒着薇菜。山古志村的春天悠闲宁静，充满了怀旧的味道。

我久久驻足在那幅画前，甚为感动。

再寻常的风景，都因“遇见”而变得不同。

这样的“遇见”，有时是风景，更多时候，是人。

6

山古志的遇见，我在开化山野间行走时也常常会想起。

在开化，山呀水呀，一棵树一片田，都是可以让人邂逅的美，是川端康成遇见的那朵未眠之花——而非其他，并非那些喧嚣的、热闹的、浮表的，或是别处所常见的东西。

这大山、丛林，以及山水丛林间的草木光阴，便是它禅寂一般的精神，是它所能提供给外部世界最重要的启发。

有时，不过是普普通通的场景，却能使人沉思；对于这片土地，山野的自然风光，悠然的日常生活，是最珍贵的东西。

7

苏东坡在承天寺夜游，那一晚的月色如此动人：

> 元丰六年十月十二日夜，解衣欲睡，月色入户，欣然起行。念无与为乐者，遂至承天寺寻张怀民。怀民亦未寝，相与步于中庭。庭下如积水空明，水中藻、荇交横，盖竹柏影也。何夜无月？何处无竹柏？但少闲人如吾两人者耳。

何夜无月？何处无竹柏？

然而暗夜中的光芒，什么时候会被擦亮呢？

这凡俗的生活，生生地困住尘世中人，你来我往，攘攘熙熙，便有月色，又有何用？

今人不见古时月，今月曾经照古人。

8

我在一篇随笔里，写到某个傍晚我与一哥们儿在马金溪畔的情景：

> ……一江碧水，晚霞瑰丽，天空越来越蓝，越来越蓝，美到一塌糊涂。两人空对此等美景，面面相觑，彼此都有点尴尬：无以表达突然涌来之满腔柔情。

人生中这样的体验，与歌德突然迸发的情感一样，不可多得。

那一刻的晚霞，是我过多少年都不会磨灭的记忆。

它是承天寺的月光，是山古志的画，亦是川端康成凌晨四点的未眠之花。

半坡雪

【遗世独立，需要的不是大雪封山，而是我封大山。】

1

像是预约好了，我们在霞山的街巷里行走时，雪花就飘起来了。

霞山拥有一片庞大的古民居，显得古拙，旧色令人舒服。这样沉静的旧色，遇到飘逸的白雪，仿佛一下子披上了轻盈的面纱。在霞山，三百多幢明清时期的徽派古建筑，簇拥出一种独特的场域，是有别于外部世界的；人在这些老房子中间行走，就仿佛一脚踏入时光隧道，回到旧光阴里。

老街有长长的弄巷，长长的天空，显得很有腔调；它的白墙黑瓦、砖雕木刻，沉静内敛，不声不响。唯有雪花飘扬。

我们躲进一户人家，在他们家喝茶。

坐了半天，朋友发信息来，我回他一幅《霞山瑞雪图》。

在老房子里看雪，难得。最好，再把炉子生起来。

最好，在炉子上温一壶酒。

当然得是绍兴酒。绍兴酒温热了，在这样的雪天里喝，最是温暖人心。

天色渐晚之时，炉子上再炖一锅豆腐，或者炖一锅萝卜。

以前山里人家都有炉子。山里是要比外面冷些的。这时节，想必很多人家早已把火炉搬出来了，一家人围着大火炉取暖。

有火炉的冬天，才像个真正的冬天。

一边吃着火炉上烤的番薯或苞芦粿，一边闻着炖萝卜的香，想起一句话："手捧苞芦粿，脚踏白炭火，除了皇帝就是我。"

苞芦粿——当地方言——玉米。

2

朋友夏小暖说："山是一个很神奇的场域，每座山都自有一方天地。一旦太久没造访，好像就浑身不对劲，置身其中，便得到一种平静。我相信，每一颗谦卑和好奇的心都是受到大自然欢迎的。只要一进入山里，瞬间就能找到一种熟悉的依赖感与愉悦。若能常常走进山里，会比较不容易忧虑吧；而低潮的时候，山则是个很大的依靠。我总觉得，山之于我，很像一个家人。"

我颇有同感。

最好大雪封山。人被大雪封存在山里，就会产生一个更神奇的场域。

有一次大雪，与朋友在山里砍竹，用毛竹制作花器。刀砍竹子的声音，在山里传出来，有一种洞箫一般的效果。空山不见人，伐竹之声清越，也有空灵之感，听得出是个男人在挥刀，挥刀之手臂十分有力。听得出，他是熟悉山里事物的人。刀也是好刀。

……都在声音里了。

3

好多年没有感受过严寒了。我指的是，冰凌挂得老长的那种。

小时候在山里，有这样的印象，屋檐下的冰凌敲落下来，断成几截，手握一截冰凌，也是一种好玩具。居然一点不怕冷。

现在反而怕冷了。

高村光太郎《山之四季》的第一篇，就写山中的雪。他所住之地，离村庄稍远，除树林、原野和少许田地以外，周围一户人家也没有。每到积雪时节，四面白雪，连个人影都见不着。连走路都困难，自然也没有人来小屋做客。这样的日子从十二月一直持续到次年三月。

从日出到日落，我就坐在地炉边上，边烤火边吃饭，或是读书、工作。一个人待的时间太长了，我也想见见别的人。就算不是人类，只要是活着的生物，哪怕飞禽走兽都可以。

现在很少有机会，去感受这样的时刻了。

孤独的时刻。

在山里，让世人把我遗忘。

遗世独立，需要的不是大雪封山，而是我封大山。

大雪纷纷扬扬，从霞山的天空里飘落，看久了令人有些眩晕，有些痴迷。老建筑里的天井，就是这一点好，雨落下，雪落下，阳光落下，飞鸟偶尔也会落下，四时光阴都会落下。

不知道坐了多久，出门，看见半坡雪。

行旅书

【人的内心，如果疏离于纤细的情感与幽深的美好久了，就会慢慢变得淡漠。此时此刻，唯有花朵、昆虫、雨滴、落叶可以拯救。】

在山里行走，包里一定要有一本什么书的。这样，当你在花树下歇息，在旅店里发呆，或不管雨夜，还是雪天，可以掏出一本书来读，这样的时候，就不会觉得烦闷或无趣。尤其是在行旅的路上，一本熟悉的书，就像是老朋友一般，亲切无言，又给你相当的自由空间（甚至比真的有人陪着你走还要好些）——因此，对我来说，这是颇为珍贵的路上经验。

1

到开化去，第一本要带的书是《云彩收集者手册》。这是一本观云指南。我到山里去，不一定是去看云，却一定有着看云一样的心情的——开化的云，是比较好看的，或者说，与开化的山、开化的水、开化的人一样，颇值一看。

英国有个“赏云协会”，据说目前已拥有全球各地的会员四万多人。协会创始人加文，曾是一名记者，毕业于牛津大学。他因喜欢看云，后来成了“赏云协会”的会长——梁启超说：“凡趣味的性质，总要以趣味始以趣味终。所以能为趣味之主体者，莫如下列的几项：一，劳作；二，游戏；三，艺术；四，学问。”从这一点来看，加文是深谙趣味之道的。

翻开这本书，开宗明义的第一章便是《如何收集云彩》。嗯，甚好。

话说回来，在开化的山里不仅赏云很值得去做，赏花赏草赏秋香，都是很妙的事。

2

一本薄薄的书能放进包中，是一份妥帖。《怎样观察一朵花》这本书就太重了。

作者罗伯特·卢埃林，拍摄植物和风景照片已有四十多年，出版了三十多本摄影图集。在这本书里，他用一种超越传统的显微摄影的独特方式，向我们展现了少有人见过的花朵细节。比如说，雄蕊和雌蕊令人惊叹的结构；一枚花瓣上精细的暗纹；还有蜜槽隐秘的凹室；诸如此类。

这样又贵又重的书，还是放在书房中阅读比较好。

同一位作者，还有另一本书，《怎样观察一棵树》。

说起来，花和树，我们经常见到，似乎早已见惯不怪。好多年前，我对小区里一棵树发生兴趣，只要没出差，就每天去为它拍一张照片，一直拍了一年多。

我是拍了两个多月才知道它叫朴树的。珊瑚朴。

但是一定有很多人并不知道它叫什么。

即便我知道那棵树叫朴树，我也依然对它所知甚少。花草树木，似乎都在我们无法注意到的地方独自美好。比如说，一棵红花槭枝上精巧的花瓣，鹅掌楸正在萌发的嫩叶，我们都不曾细致观察过。

每一种植物，都有我们不曾知晓的美。

事实上，从这些树木与花朵之中，我们可以看到四季光阴的流逝，领略到大自然的力量。所以我在包里放了一本《花朵的秘密生命》，至于原因，我前面说过：别的书太重了。

走到古田山里去，或者在钱江源森林公园，或者哪怕走到山野之间随便哪一座村庄里去，你都可以与很多植物不期而遇。这样的时候，如果刚好读过《花朵的秘密生命》或是《看不见的森林》这样的书，你便会发现森林中很多幽深细微处的美好。

大多数城市人，日复一日奔波，生活会变得粗糙草率。但是，如果走到一座森林里去，有人告诉

你一朵花的名字，一种昆虫的名字，你会一愣。比如“蚁墙蜂”，它的学名直译过来是“尸骨屋蛛蜂”。如果再告诉你，这个小昆虫被美国纽约州立大学环境与林业学院列入了2015年发布的“十大新发现物种”排行榜，你会更加一愣吧？此前一年，科学家总共发现了1.8万多个新物种，而“尸骨屋蛛蜂”能够入选，是不是很神奇？

人的内心，如果疏离于纤细的情感与幽深的美好久了，就会慢慢变得淡漠。此时此刻，唯有花朵、昆虫、雨滴、落叶可以拯救。

3

不管怎么样的一段旅程，如果用心去感受，必然收获不一般。如果行囊还允许多带一本小书，我愿意带上吉田兼好的《徒然草》。手头这一册，是中信版的企鹅小黑书，薄薄的，开本只比手掌略大一点，随便就可以塞进裤兜里。这一套书，有十来册，是中信出版社编辑朋友雪萍寄给我的，很是喜欢。

这一小册，是吉田兼好的文章精选。带着这样的小书，走在山路上，或是在山里住下，山景临窗，云雾飘浮，读几页书，必有一些不同的领悟。

> 人如果立身简素，不慕豪奢，不敛财货，不贪图功名利禄，则可谓人中之上品也。
>
> 唐土有个许由，没有任何身外之物。有人见他用双手捧水喝，就送他一个水瓢。他将水瓢挂在树上，因为风吹得响动，听了心烦，就弃而不用，仍用手捧水喝。此人心中，何其清澈啊！

读这样的句子，很适合在开化的山里。我在开化行走，所居之处，多有变换，主要是想去体验感受不同的处所。有一回住在河边，一家民宿，夜深听雨，淅淅沥沥。有一回住在台回山上的山民家里，夜半远远传来鹿威的声音，寂静又有禅意。有一回住在醉根山房，举目即有木头相伴，甚觉心安。因此，当我读到吉田兼好说“住所要舒适自在，虽说浮生如逆旅，也不妨有盎然的意趣”时，是很同意的，短暂停留居住的地方，意趣也是一定要有的，否则又有什么意思呢。

有几次，我到外地出差，住在当地相当高档的酒店里，设施当然都是好的，房间也干净，床照例很大很软，却终归是没有什么特别之处。在杭州，在上海，在北京，只要是高档酒店，大致都差不多吧。而觉得十分舒适、印象深刻的一家，是桂林的“住在书店”，与“纸的时代”书店一体，每次去桂林，都喜欢住那一家。因为房间里有许多的书。当你在一个有很多书的房间，一定不会觉得孤单，因为对于爱书人来说，书架上必有几本是你相当熟悉的，或是摩挲过的。这感觉，仿佛是在旅途中，与久违的朋友不期而遇，更添一种意外的欣喜。

记得有一次，刚办完入住，推开房间的门，看到床头有一张褐色的小卡片，上面手抄着里尔克的诗：

我愿陪坐在你身边
唱歌催着你入眠
我愿哼唱着摇你入睡
睡去醒来都在你眼前
我愿做屋内唯一了解寒夜的人
我愿梦里梦外谛听你
谛听世界，谛听森林

——里尔克《致寝前人语》

我特意用相机把小卡片拍了下来。在这样的房间过夜，便觉得很好：木头的书架，一把干枯的野草随手插在篮子里，一派天然的意趣。房间里的陈设，没有丝毫刻意的感觉，也没有令人觉得生分的奢华，只觉得一切都贴心极了。那素朴的味道，足以令身心得到舒展与放松。

“高人雅士幽居之所，月光流入时，自有一股沁人心脾的气象。”

我想，既然许多城市人到开化这样的地方去，当然并不是想去住多么奢华的酒店（不然，何必跑到这样的山城去呢），而是想要亲近那天然的素朴吧。素朴而天下莫能与之争美。那么，什么是天然的素朴？必也不是乡村人家的简易居所，而是一种精致又贴合身心的体验。至于我住过的几个地方，距离这样的身心贴合，尚是有一些距离的，到底是什么，恐怕还是一种极难得的感受吧。

说了这么多，我又想起有一次，在一家民宿住的时候，夜半下起雨来。我与友人坐在廊下聊天，喝了些酒，那时雨还下个不停，就又泡了一壶茶。这时候夜已深了。来了一个男人，他是一位资深驴友，一年到头，很多时间都在异地的路上漂泊。于是听他聊了许多路上的事，也挺有意思。晚上回到房间，倚在床头，入睡之前读了几页《徒然草》。

4

好几次临出门，我在书架前犹豫，最后拿起卡佛的一本书塞进背包。《大教堂》，或者薄薄的《当我们谈论爱情时我们在谈论什么》。对，我挺喜欢卡佛的短篇小说，以及他的一句话：

> 一位作家有时需要能不管是否会显得愚蠢就站起来，带着不容置疑的单纯的惊奇，看着这样那样的事物——一次日落或一只旧鞋子——目瞪口呆。

说得多好。

有一次在莫干山，我们喝了一点酒。大概有二两白酒——夜晚有点冷，但是室内的气氛很好，我也喝得比平时多了一点。回到房间之后，我靠在床上，合着一点酒意读卡佛。客房里有一台电视机，但是我没有打开它。卡佛的小说里经常写到看电视、开车、打电话，是日常所见的凡俗生活，他能在这凡俗的生活里写出花来。

有时候我们面对旅途中的风景，会觉得内心平静。但是在旅途中，思维其实是最活跃的。我仍记得有一次，我一个人去四川采访，然后去牟尼沟走了一圈，甚至那一路上我在想些什么我都记得，虽然事情已经过去了很多年。我的意思是，如果你的旅行不是为了逃避生活，那么也应该带上一本充满凡俗生活的书。卡佛的短篇小说也在此列。或者是另一本，以色列作家埃特加·凯雷特的短篇小说集，《突然，响起一阵敲门声》。

5

读《我的先生夏目漱石》(夏目镜子口述，松冈让整理，唐辛子译，社会科学文献出版社2019年2月版)，其中有一段话，令我哑然失笑：

夏目在开始写小说之前，有一个多年的习惯，就是每天睡觉前，都要带上大量不读的书放到枕头边，若是就一本厚厚的外文书倒还好，通常两本三本也不奇怪，有时候甚至还会加上两本标准词典或是《韦氏词典》之类带进卧室。既然带进了卧室，估计应该会读一读吧，但也没见他有想读的意思。有时候夜里我半睁着眼偷偷瞧他，还特别感动地想“今晚一直都在看书啊”，但实际上整个晚上都没听到他翻书的声音。原来，其实他连一页都还没读就已经睡着了。我后来跟他说：你那些书既然不看，就没必要辛辛苦苦搬进卧室了。但他总是必须搬点儿什么东西堆积在枕头边才行。

大概有这癖好的读书人不少。我每天晚上都会带一本书上床（不管多晚，哪怕是凌晨两点上床，在入睡之前也一定会翻几页书；不过有时候也像夏目漱石那样，拿起书才读了几行，就已经酣然入睡）。

随手带一本书上床的意义在于，不必为选择而纠结。选择困难症患者都有感受，面对三五种可能性时会犹豫彷徨，无端耗费精力。所以，随手拿一本就好。不管它到底是不是一本可以陪你入睡的书。久而久之，我的床头柜上总是堆着三五十本书。

至于在旅行中，偶尔会在酒店的房间邂逅一些书，通常是当地的风土介绍、旅行指南，文字乏善可陈。这让我想起日本的妹尾河童。我有一次带着妹尾河童的一本书来到开化。它似乎启发了我，可以用另一种视角来观察酒店的房间。

——那本书叫《窥视厕所》。

作为日本当代著名的舞台设计家，妹尾河童一直活跃于戏剧、歌剧、芭蕾舞剧、音乐剧、影视剧等表演艺术领域。他年纪大了，仍是个有趣的老头，不仅写了许多旅行的随笔，还随手把见到的东西画下来。在那本书里，妹尾河童窥视别人的厕所，当然，也“晒”自己家的厕所。他“采访”了48个名人家庭的厕所，包括美术家、音乐家、建筑师、棋手、赛车手、文化评论家、探险家、演员……

简直难以想象，每一间厕所，就仿佛是一个小镜头，可以窥见主人的个性与气质，以及他们的生活态度。譬如河童先生自家的厕所里，马桶边的墙上，有一盏专为看书用的聚光灯，杂志则放在镶在墙里的杂志架上。可以想象，放在厕所的书，一定是值得推荐一读的好书。

所以我一直有个偏见，但凡可以摆在枕边，或是马桶边的书，不管怎么说，不太会令人失望。昔日，欧阳修写过一篇文章，其中有著名的“三上”之说：“余平生所作文章，多在三上，乃马上、枕上、厕上也。”其实，现今的人，要想多读几页书，也只好充分利用枕上、厕上、旅途上的时间了。

6

“二食一宿”，是一家水边的民宿，建筑也有特色——围墙和房子，都是用鹅卵石砌成的。去年夏天，和几位朋友约在那里喝茶吃晚饭。我早到，就在村子里走，尤其临水一侧，风景可谓绝美。

村庄名为“金星”，自然村名为“深渡”。深渡，光这个名字，就可以玩味很久。村庄一侧，是马金溪，河面宽阔，河水清澈见底，有人划一叶小舟在水上飘荡。可以想象，从前这里一定有一个津口，如有人要过河，一定要撑一叶小船才可以过去。听村里的老辈人讲，从前河上没有大桥，进村要摆渡，船上人打鱼为生，常年吃住都在渔船上。

我们坐在庭院里吃晚饭，一直吃到十点多。

村子里偶尔会响起狗叫声。

月亮挂在夜空。

我们在夜深之时，还颇有兴味，又绕着村子走了一圈。

我想，这样的地方，适合王维停留。

吃过一顿晚饭后，王维也一定会在村子四面走一走。

然后，写下几句诗：

人闲桂花落，夜静春山空。
月出惊山鸟，时鸣春涧中。

王维说不定还会在深渡长住下来。“闭户著书多岁月，种松皆老作龙鳞。”王维若在这里隐居，也一定如他在辋川别墅一样自在。这里有牛羊牧童、村夫野老、渔翁耕樵。在村头河边相见，言语依依，说些田里的事、山上的事。而此时此刻，山中也有花开花落。

木末芙蓉花，山中发红萼。
涧户寂无人，纷纷开且落。

这是王维写辋川辛夷坞的春之风景。辛夷，就是玉兰花。在开化很多地方，都可以见到玉兰花，有白如莲花者，有紫苞红焰者，一树高高地开在茶园或水岸边，或者落了一地的花瓣——我离开深渡很久以后，读《王维集》，脑海中浮现的便是深渡这样村庄的景色，可以说是：

深渡一回首，山青卷白云。

听见钱江源

【树林高处的雨滴滑落下来，敲打在我的头上，我与一棵高处的树木由此建立了某种微妙的关系。】

1

芝麻在七月开花。芝麻的花是白色的，一朵一朵垂挂下来。一场大雨过后，虫声重新热闹起来。我穿过这潮热的清晨去河边。蝉鸣，鸟叫，各种各样的声音，这是生命的吟唱，亦是大自然的白噪音。

然后雨轻轻地下起来了。

2

我曾把雨夜屋檐滴答落水的声音录下来，也曾把海浪拍打岸边的声音录下来，还有风吹过竹林的声音，以及磨石尖高山上风摇动松针的声音。那些声音美妙极了，世上最精妙的语言都无法模拟出那些声音，它们如此丰富而有层次，层层叠叠，一波又一波。

如果你能想象松针——或者柔软的树叶轻轻扫过皮肤的感觉，或者当微风吹过一整片稻田，稻叶顺着一个方向轻轻摇摆——那声音与视觉都同样令人着迷。我经常就这样坐在田埂上，望着眼前的水稻田出神，耳边回响着大自然的声音。

唐·德里罗有一部长篇小说《白噪音》，我买来后却一直搁在书架上，还没读。

3

一条通往源头的道路是漫长的。许多次我逆流而上，从钱塘江尾一直抵达钱塘江源头。公路与河流，时常相互交错，这是一种“对望”的关系——直到大山深处依然如此：路边有溪，溪边有路。这种对望关系似乎从来如此。

4

梭罗说：“如果我们能一直生活在当下，好好把握生命中的一点一滴，正如小草对一滴水珠的充分利用，那我们就会生活得无比幸福了。如果我们把现下的时间浪费掉，用来弥补错失的机遇，并美其名曰‘履行职责’，那无异于是在春天到来之后，还在冬天里徘徊。”这是极正确的话，生活在当下即是说，要享受这个过程，不去管结果怎么样。如果一味纠缠于结果，那并没有太大意义。人生正是由“过

程”构成的，而非“结果”。

5

有一年在上海，我去采访艺术家何训田，他讲起一场大雨。2007年他在印度恒河，那天清晨瓦拉纳西的天空特别奇异，成千上万的信徒还睡在恒河边，突然间下起了一场大暴雨，众人手提锅碗、披着衣物四处逃窜，整个河边“兵荒马乱”，恍若战场。何训田一行人坐车回到饭店，此时大雨正好停止。酒店内的旅客们还在缓慢地吃早餐，还有许多人正在起床、刷牙、漱口、上厕所，好像什么事都没有发生。他突然感受到一种“空隙”的存在。对一部分人来说如同战争一般的经历，另一部分人却根本感知不到，哪怕事实上两者近在咫尺。那一场历时一个多小时的大暴雨，对于一部分人来说根本不存在。

6

我在钱江源头经历了一场暴雨。我没有带伞，大雨来临的时候我刚准备进入森林。但我一点都不惊慌，我觉得这或许是一场“对话”，树林高处的雨滴滑落下来，敲打在我的头上，我与一棵高处的树木由此建立了某种微妙的关系。这是一种难得的经历。

7

何训田后来试图用音乐去呈现人类听觉无法“听到”的那些事物。人的听觉，正常只能接收到20赫兹到2万赫兹之间的声音。20赫兹以下的是次声波，2万赫兹以上的是超声波。它们可以被仪器测出来，还可以被皮肤感觉到，但无法被“听”到。地球上每时每刻都充满噪音，2万赫兹以上的，20赫兹以下的——只是人类的耳朵刚好把它们屏蔽了，人觉得周围很安静。但是，人们一定要知道，一定有些东西，只是我们无法“接收”到而已（这很可能是一种自我保护机制），并不代表它们不存在。

人类能感受的那一部分世界，事实上，只是“世界”很小的一部分。

8

上一次深刻领受大树的教诲，是在2013年的山东莒县。在一场大雨里，我与一棵四千年的银杏树猝不及防地相遇。我从很远的地方来。我走了很多的路，遇到很多的人。对方是一棵巨大的银杏树。它的腰身，要七八个人才搂得过来；它的冠盖，可以荫庇数亩。雨太大了。大雨致整座浮来山云蒸雾蔚，我抬头，已然望不见这棵大树的华顶。密集的雨滴，从青翠的鸭掌般的树叶上滑落，经历层层叠叠的树叶上的旅行，最终噼里啪啦打在雨伞上。这样的雨就像从四千年前，从光阴深处，不由分说地落下来。雨点打在距离我的耳朵大约二十五厘米的地方，打出一声又一声，如父亲的爆栗一般的声响。

9

大树有神灵。不仅在浙西，在中国大地上的很多地区，人们都有这样的看法。在日本，这样的观念更加显著，他们认为“万物有灵”。日本那样的海岛国家，地理环境优美，自然景象也美，更使日本人相信万物皆有灵气。与此同时，大自然的不可预知、不可抗拒，也令人敬畏。柳田圣山在《禅与日本文化》一书中说：“日本的大自然，与其说是人改造的对象，不如说首先是敬畏信仰的神灵。”

10

对于世界的感受，因人而异。艺术不像科学。科学是站在前人的肩膀上，不断迭代、更新；艺术并非如此，艺术面前人人平等，人人从零开始。艺术是对于世界的感受。不管西方人还是东方人，自身感受宇宙之后，他心中产生的东西，才是他自己的东西。这是一手的、直接的体验。如果要真正地感受世界，必须抛弃很多东西——比如先入为主的“教育”，必须清空，重新回到一个婴儿的状态——重新成为一个很干净的人，成为一张白纸。干净的人面对一个宇宙，才能获得天然的感受。我们现在，常常已经不是自己，头脑里装满了“别人”对于世界的“感知”，唯独没有自己的感知。

11

我在田埂上坐下来的时候，与我在森林中散步的时候，所感知到的世界是不是同一个世界？

12

很想知道在广袤的钱江源国家公园，最古老的一棵树在哪里。如果这棵树隐于森林，一定在默默守护着整个森林家族的平安。不仅仅是大树，还有它们脚下的灌木与小花，以及昆虫与蘑菇。更多的人们会因为那棵树前往瞻仰，从而心生敬意——在森林之中，到底还有哪些秘密是我们所不知道的？

13

“在乡下散步时，我觉得自己就是神，”写出《少年维特的烦恼》的歌德说，“因为无边无际的富足、无限世界的庄严形态在我的灵魂里生根和活动……森林与山岳在回响，所有难以进入的力量在创造，我凝视大地深处看到这股力量在震荡，我看到大地之上、天空之下万物麇集。”

我以为，任何一位诗人进入森林，都可以从中获得启示，不管那些启示来自高处的枝叶，还是来自大地深处的根系。你会惊讶于一棵树的力量如此平和，又如此巨大。

14

1874年的一场暴风雨中，约翰·缪尔登上内华达山脉的一座山脊，然后爬上一棵针叶树，只为了更近距离地倾听高处的针叶在风中产生的乐音。他听到了什么？——树叶彼此摩擦的机械的声音、树枝和光秃树干深沉的声音、松针发出的尖锐哨音，以及“丝绸的低语”，而来自大海的风“携带着最振奋的香气”。

15

从钱江源国家公园离开，回到城市的日常生活里，我依然时常会想念大雨落在森林之中，晚风掠过丛林的声音。七月底的一天，我在手机上安装了一个App，名叫“Rainy Mood”，里面搜集了各种场景中的雨声和水声。譬如——英格兰的雨、意大利米兰的雨、巴黎的雨、阿姆斯特丹的雨、威尔士阿伯里斯特威斯的雨、苏格兰乡下的雨、伊利诺斯的雨和鹪鹩；太平洋的雷暴雨、科隆的雷暴雨、远处的芝加哥雷雨声、亚利桑那凤凰城的雷暴雨、俄勒冈清晨的雷暴雨、英国斯诺登尼亚的雷鸣、北卡罗来纳州的暴风雨、离多伦多很远的雷暴雨、雷暴雨中的鸟鸣；赫尔辛基火车站的雨、日本寺庙上的雨、华盛顿森林里的雨、巴厘岛水稻梯田上空的雨、巨石阵的雨；平稳的雨、落到帐篷上的雨、野营车上的雨、密苏里屋顶上的雨；俄勒冈沿海的热带雨林、悉尼瀑布、圣海伦斯山附近的河流、苏格兰的小河、瑞士的冰河、山间的急流、在森林深处洗澡……

16

我觉得应该有一个人去做这件事，他在钱江源国家公园的各个角落里，录下各种各样的声音：鸟鸣，溪流，风声雨声，猫头鹰在夜间的叫声，大雨落在栎树上的声音，溪水流淌进农家铺设的竹笕又从另一端流出来的声音，瀑布声，一百种虫子在夏夜的鸣唱，蝉声，有人从林间走过的声音，夕阳西下时一只羚羊的叫声。

如果非要给这个项目一个名字，我想可以叫“听见钱江源”。

17

还有很多美好，我们并不知道。

它就在我们身边，而我们并不知道。

Chapter 2

鱼的生活方式

味道是文化的产物。味觉器官并不是舌头，而是大脑。

——【意】马西蒙·蒙塔纳里

蕉川寻茶指南

【山花落尽人不见，白云堆里一声钟。】

八点多钟，我们穿过一场春雨去茶山。我请了问清兄带路。问清是开化县本地媒体人，踏遍当地山山水水，自然也知道哪里出好茶。我们去的是苏庄——很远，从县城出发，还要一个多小时——县志记载，崇祯四年“进贡芽茶四斤”，就产自苏庄。

这一路上，春和景明，油菜花在路的两旁盛开，春雨给远山披上一层纱，云雾仿佛就停栖在半山腰上。白色的梨花在河边开放，衬出远处黛黑色的鱼鳞瓦的屋顶。我喜欢在这样的天气去远行，何况是去茶园呢，又何况是去钱江源国家公园境内的茶园呢。——苏庄这个地方，几为浙江的最西面，再走几步，就是江西的婺源了。此地山高林密，终年云雾缭绕，又是国家公园境内，有云豹、黄麂、黑熊及白颈长尾雉等珍稀动物出没，自然是有着天然条件可以出好茶的地方。想想看，敏捷的黄麂在溪边饮水毕，奋起四蹄，轻盈地掠过茶园；长尾巴的鸟，也骄傲地从茶园上空飞过；那云雾，长久地停栖在茶园的高度；这样的地方，茶，一片树叶，穿越漫长的冬天，悠然缓慢地从枝头萌发，是不是必然携带着山林草木的气息，携带着云朵幽兰的气息？

山重水复之中，我们到达蕉川，一个宁静的小村庄。茶农老丁，进城卖茶，此刻仍未归家呢。四面大山环绕小村，山上都是茶园。进山路上，我看到茶园中三三两两，都是采茶的人，说笑声音从很远的地方传来。茶山之下的田畴，则多种着油菜，漫山遍野的黄色如此明亮。这个时节，正是春茶采摘的旺季，村中妇人，大多上山采茶去了。

我们便也去爬山，山颇有些陡。问清兄说，高山上的茶，比半坡的茶好些，而半坡茶又比平地的茶好些。千米以上的高山，茶芽出得晚，芽头又少，山上仙气逼人，茶是春山的妙物。那么，到底是山上的茶，还是坡上的茶，还是地上的茶，你只管放心——那些经验老到的人，一喝，就能喝出来。

老丁的妻子汪美仙，每天上午也是上山采茶。然采茶最厉害的，是邻县婺源的那批采茶女，在村里一住就是一个多月，天天住在大礼堂，睡地上的大通铺。她们手脚麻利，一天能采五六斤茶青。

采明前茶，要求一芽一叶，这是十分严格的要求。看采茶女采茶，简直要眼花缭乱，她们两手上下翻飞，在茶叶的嫩尖上跳跃与舞动。那两只手，各管各的，仿佛是那高明的钢琴演奏家，在茶叶尖上弹奏着无声的奏鸣曲。果然，有一些鸟鸣从林间传来，鹧鸪，或者子规。子规鸟的鸣叫，春山上能一阵一阵地听到，刚好我前一天翻读《枕草子》，见书中提到“子规的叫声，更是说不出的好了”。而就

在这样“说不出的好”的鸟鸣声中，采茶女们辛勤劳动着，从早到晚，要忙上整整一天。

山上茶园里，那一行行茶树，是老丁亲手植下的，已有十多年。福鼎老品种，用它的芽叶制成的开化龙顶茶，能卖出好价钱。这个品种的茶叶颗粒饱满，茶青修长敦实，是茶农们的最爱。这样的茶青在整个收茶季节里约占七成，这也是高品质龙顶茶的保证。有的芽头，茶树品种是另一种，芽头又粗又壮，外行人一看很好，而懂行人却是不要的。

近午时分，老丁终于从县城回来了。老丁每天清晨，天不亮时，就要带着新炒制的茶叶进城去卖，卖完了再赶回家。清明前这段时间，茶叶是一天一个价，茶青当然也是如此。老丁的茶叶好卖，他有一手炒茶的绝技。说起来也奇怪，老丁作为真正的老农民，从前是开拖拉机的，二十年前才转行种茶和做茶，然而一做茶，就做出名气来了。人都说他炒的茶好，“到位”。你泡一杯茶，喝喝看，闻闻看。他们那些买茶的老茶客，都候在路边，手上一杯茶，一喝，就喝出味道来了。

开化龙顶，有三种香——兰花香最妙，板栗香次之，玉米香又次之。而这茶的香气，是与炒茶的手艺密不可分的。譬如说兰花香，首先是茶青要好，炒制手艺更要精微。精微在于，对炒制时手的力度、火候的把握。兰花香气的出与不出，就在微妙的一瞬间，过几秒钟，茶叶就老了，说不定就焦了；嫩几秒钟，火候不到，香气也出不来。用那些老茶客的术语说：

“一个是杀青要到位，一个是香气要到位。”

说到底，制茶，靠的是一种悟性。

或者说，要看是不是跟茶有缘。

那么，老丁是与茶有缘的。当年他改行制茶之后，自己扦插繁殖茶树苗。挑老嫩刚好的茶树枝条，一叶一节，剪断之后插入土中，布上薄膜，扦插成活率可达九成多。而有的人学他的样，也搞扦插，但成活率不到二三成。

再说老丁炒茶手艺到底怎么样，他自己说了没用，得听老茶客的——每天清晨，老丁背着自己做的茶去市场售卖，他和大家一起把袋子歇在地上，就等着人来问货。有的人伸手抓一把，看一看，再送到鼻子底下闻一闻，连一杯茶都不用泡，就说这些茶叶都要了。老丁的茶叶，不仅每天很快卖完，而且价格都要比别人贵上十元二十元钱。

茶叶市场是很有意思的，每天只在清晨闹热一些，到了八点钟，人群就都散去了。买的和卖的，到了这时都已成交。那种激烈，那种争抢，那种焦灼，那种激动人心，此时都烟消云散。天亮，人散，买到好茶叶的人开心，脸上抑不住的笑意。没买到好茶叶的人，就一脸懊恼。卖茶叶的人，高卖了十元二十元，也开心得不得了。

待到人群散去，再要找到对方就难了。有一年，春天都快过完了，有位外省茶商，转了十八道弯的山路，找到小村庄的老丁家来。一见面就说，你就是老丁？我可把你找到了。原来人家曾经喝过一次老丁的茶，后来四处打听，用了一两个月才找到了。

老丁说，你找我没有用啊，你看春天都快过完了，今年的春茶，都卖完了。

对方说，没事，没事，找到就好，明年春天，我找你买茶呢。

事情总是这样的——要看缘分。

那天中午，我们就在老丁家吃饭。老丁喝了半碗烧酒。问清兄也陪老丁喝了半碗烧酒。一桌子的山里菜，是老丁妻子做的。山里人的口味，略有点咸，但是香啊，咸鱼、咸肉，都香。我吃了两碗饭。

老丁每天都喝这么半碗烧酒。喝了酒，干活才有劲。老丁端酒碗的时候，我看他手掌上记着数字，便让他摊开给我看：

20

20

21

黑色的笔迹，嵌进了掌心的纹路里——每天都会有几个数字记在他的掌上。掌纹有点粗糙，甚至有些微龟裂。如果我是个看手相的人，说不定能从中看出几场老丁人生的转折。然而我一看这手掌，说，嗯，不错呀——今天卖了这么多茶叶啊。

是的，这天早上，老丁卖了61斤茶。

老丁最近辛苦啊。每天晚上炒茶，要到凌晨一两点钟。眯两三个小时，便要起床去卖茶了。回到家中，吃过中饭补个觉，到了下午三点多，又要出门去收茶青。当然，不用跑远，只在附近的村庄。一手交钱，一手交货，采茶女们自己称重，老丁则根据茶工报的重量算钱，邻里之间，互相信任。老丁收茶青，价格算是开得高的。当天最好的茶青，卖到45元一斤。一个多小时后，老丁便能收获200多斤茶青。

茶青收回，先是摊青，到了晚上再炒茶。量越多，人越累。

曾经是拖拉机手的老丁，这二十年间转型做茶，承包茶山、买茶机、炒茶叶，攒了些钱，把家中老屋变成了炒茶房，又在旁边盖起三层的小洋楼。

趁着晚饭时间还没到，老丁抓紧时间靠在椅子上打了个盹。老丁家门前，有一条清溪，溪水潺潺，一直向山外流去。这便是钱塘江真正的上游。我想到一句话，“茶生一处，天地一方”，大概，可以算作是蕉川这个小村庄的写照吧。

告别了老丁，我又往更深的山里去，行了四五公里的样子。盘山公路一直绕啊绕，从茶山上绕过去，茶树层层叠叠，那绿意也是层层叠叠，黄昏之中，依然有零星的茶农在那山头上采茶。头一天下过雨，瀑布挂在山边上，桃花开在屋角。小村庄安静极了，只有水声与鸟声，从山谷里传来。

山花落尽人不见，白云堆里一声钟。我想，许多城市人喝着一杯绿茶的时候，大概想不到，在蕉川这样一个小山村，一叶绿茶是这样出发的吧。

鱼的生活方式

【我吃着鱼，看着远处的山，山上竹林茂盛，云雾停栖在山腰，久也不散，也不移动。】

弯弯绕绕，一个人开着车寻去了淇源头。

你说对了——我是奔着“清水鱼”去的。何田的清水鱼，声名远扬，开化菜里最知名的应当就是这一道清水鱼了。何田地处北乡，那是大山深处，山好水好，空气清甜，养鱼也养人。据说何田这里的人家，古法养殖清水鱼，上可追溯到明朝。我去了村里一看，家家门前屋后都有几口鱼塘，鱼塘是用天然的石块砌成，石块沉朴拙圆，青苔长过，风雨淋过，有了岁月的包浆，着上了悠久沧桑的气息。鱼塘有深有浅，但都有活水进来——活水，也就是山泉水，这就是清水鱼的奥秘所在——这里的人家养鱼，用的都是流动的泉水，一头进水，一头出水，鱼就悠游在这流水之中。如果鱼会写诗的话，一定会写一首《流水辞》。

淇源头是个小地名，属于何田乡的柴家村。我没有做过攻略，也没有特意想去哪一家，就是兴之所至，看看这一路会遇上什么，就这样来到了淇源头。我喜欢这样不带目的的行走。生活就像一趟旅行，并不是为了完成任务，而是为了去迎接所有未知的欣喜——便是如此，路途中，还因贪恋几处景色，以至于一直往深山中去，直到一条溪流快要穷尽时，才折返回头。

在一处石拱桥边，我向端着饭碗的老太太问路。那满头白发的人，遥遥向着身后一指。白云生处有人家。我向着那白云根上的人家行去，于是到了29号，“鱼大哥”的家。

“鱼大哥”，其实就是余大哥，余明贵。正是晌午时分，余大哥还在吃饭，看一个陌生人走到门前，知道来客人了。他歇了饭碗出来招呼我。听说我是一个人来的，还颇有些惊讶。他开这家农家乐，时不时会有些客人过来，但这样一个人来的，怕是不多的吧。

过了饭点儿了，吃点儿什么呢？我果断地要了一条鱼。到了何田不吃鱼，说不过去。余大哥扛了一杆长网去捕鱼，网兜儿生在几米长的竹竿上，仿佛是去捉蜻蜓。以前出过一本书《一饭一世界》，其中有一篇散文，就是写开化清水鱼的，只记得篇名《鱼的村庄》，却不记得当时是写的哪个村庄——毕竟多年了；但是朋友黑兔为这篇文章画的插图，最后用在了第一版的封面上。封面上的小女孩，扛着一个网去捕鱼，而鱼居然是在天空之中游来游去，鱼的身边，是晚霞与云朵，像一个梦境。

我跟在余大哥身后，看他怎样把长长的网，探入石塘中去。这颇有些吃力。四五米长的竹竿，手执末端，很难发力。而流水中的鱼尤其灵活。余大哥轻轻巧巧地伸网，一会儿左探，一会儿右探，那些鱼一摇头，一摆尾，轻松化解困局。余大哥说，捞鱼不得硬来，怕伤着鱼。我看着他这样的举动，将近十分钟，依然没有捞上鱼来；而塘中鱼数十尾，依然“闲庭信步”，悠哉游哉——这捕鱼的过程，简直也像一个梦境——我差点要放弃了，觉得这顿饭会遥遥无期，却听得余大哥长舒一口气说，好了好了，捉到了。

清水鱼，我要声明，这是开化最负盛名的鱼。严谨说来，清水鱼不是鱼的一个品种，也不是鱼的一种做法，而是鱼的一种生活方式。

泉水清清好洗手，泉水清清好养鱼。泉水清清，汇成一条溪流，从高处往低处流淌，这流淌的过程中，就穿过一口又一口石头砌成的鱼塘。这些鱼塘，许多是祖传的，在这大山深处，存在不知几多年也。

我在溪流边，看到水中有许多石斑鱼。野菊花开在水面石隙。菖蒲这儿一丛那儿一丛，沿水而生。

余大哥有几口鱼塘，现有一百多条鱼，最大的有十多斤。就算最小的鱼，也养了两三年了。

清水中的鱼，长得缓慢。鱼和这里的人一样，这不着急的生活，使人羡慕。

说话的时候，余大哥就进厨房去了。开化清水鱼的做法，可以煮，可以炖，可以红烧，最普遍的是古法煮鱼。所谓古法，就是以柴火灶，用最简单的烹饪之法煮出来。

我钻入厨房，期待偷师一二烹鱼技法，但见那：热锅放油，菜油荤油各半，油热之后放入姜蒜炸出香味，再放入鱼块。同时放盐、啤酒、清水。辣椒要放吗？他问我。紫苏喜欢吃吗？他又问我。葱呢？要的要的，都要的。我连连点头。这烹鱼之法，说简单也确实是简单。料下足了，大火煮上五分钟，差不多就能起锅。若是大鱼，至多煮上七八分钟，时间再长，怕会老了。余大哥说好多人跟他学怎么烧鱼，回去以后自己依葫芦画瓢，却怎么也烧不出来同样的味道。我估计，原因不外乎两种，一是没有大柴灶，二是没有山泉水。

我一个人，在庭院的石桌边坐下，开始吃这一道清水鱼。溪水在边上潺潺流淌，鸟儿在天空中鸣叫。这山里的日子，宁静缓慢，又因不是双休日，人也没有那样的多。我吃着鱼，看着远处的山，山上竹林茂盛，云雾停栖在山腰，久也不散，也不移动。余大哥在厨房里忙碌，一条狗跟在他身后进进出出。我吃了半天鱼，抬头看时，那云雾依然停栖在山腰上。

余大哥今年六十四，儿子在杭州上班，收入相当不错，去年又买了新房。余大哥说，儿子新房买好，他却没有去住过。这山里的日子，更比城里自在；倒是儿子，经常携妻带娃回来小住。我想，这就对了，这是鱼的生活方式，也是人的生活方式。

厨师的书法

【做菜跟书法，还有一个相通的地方，就是永远没有第一，也永远没有终点——不过都是“途中”。】

老余炖的汤瓶鸡，一绝。

陈晓卿千里迢迢从北京过来，也要赶到小饭店去吃个汤瓶鸡。人家什么没有吃过？偏要七弯八绕，去大山深处，国道边上，在老余的小饭店吃一顿。

放下筷子，却是赞不绝口：

“道道菜都好吃。”

小饭店开了三十年，如今已成风景。饭店老板兼首席大厨老余，是风景中的风景。老余——人家都叫他老余——技艺满身，会做菜还能聊天。会做菜不稀奇，一介大厨，没有几手绝活，怎么在江湖上混？没有推陈出新的功夫，怎么在饮食丛林屹立不倒？所以作为大厨，手中一柄铁勺，那是安身立命的武器，舞得天花乱坠，舞出一朵花来，那也不是什么过分的事，吃饭工具而已。但能聊天，就不一样了。

老余聊天，并非瞎扯。瞎扯有什么后果，说不定一言不合，大打出手。老余的聊天，是海聊，神聊，一瓶酒一开，一支烟一点，就如说书一般，娓娓道来，使人如沐春风，如浴温泉，一席终了，宾主尽欢，来者神清气爽，依依拱手作别。老余有如此功力，那是因为一，老余有聊天的天赋；二，老余肚里有故事。有时候，你真说不好那些食客来到这里，到底是为了吃老余做的汤瓶鸡呢，还是为了听老余讲故事。

但老余最好的本事，不在厨艺，也不在聊天，乃在于书法。四十年前，老余还是小余，小余还是村庄里小学校的代课老师，小余老师在教孩子们识字的时候，认识到把字写好是一件重要的事情。于是他开始学写字。然而，那时候一个代课老师，有什么出路呢。后来老师也不当了，他出了门，去打工谋生，不得不把手中的毛笔也放下了。

一人一瓶啤酒，我和当年的小余、现在的老余，面对面坐着聊天。老余说，他这家小饭店，其实不只是小饭店，是啥呢，其实是一个“道场”。道场是什么意思，我的理解，既是老余自我修行、观照内心的地方，也是老余结交众生、看见世界的地方。

怎么说呢，老余1985年从外地回到老家，跟妻子一道，在镇上开了一家饭店，名曰“春燕”——春天的燕子飞回来了。就此，老余开启了他作为一名厨师的生涯。从此以后，锅碗瓢盆，油盐酱醋，老余的日子充满了人间的烟火，充满了扎实的幸福。

几年之后，小饭店挪了一个地方，转移到数百步远的一幢小木屋。老余又把饭店的名字改为“途中”，一直用到现在。

我问老余，“途中”何谓？

老余答曰："活着活着，越来越明白，人生永远不过是在半道上。比方说吧，我老余菜烧得好，方圆二三百里，大家都知道我老余厨艺不错，这就到顶了吗？不可能。山外有山，天外有天。开饭店挣了钱，日子过得舒坦起来，我就可以跷跷二郎腿了吗？远着呢。人活着，哪里是为了挣钱？一天不干活，我一天就不痛快。这是为了生活过得充实——那我老余，为什么还要写字呢？写字，那是我的爱好，是心里真正欢喜的事。后来我就把这个爱好又捡起来了。我一拿起笔，笔墨一动，宣纸上划拉出笔画线条来，嘿，我的精神就愉快了……你说，我是不是每件事，都是在途中？"

老余见我点头，又说："你再看看这个途字。余，在走路。说明我老余，一直是在路上的。你再看，余是在走字底上面的，说明我是坐车走的，这就不那么辛苦了。这是一种快乐。坐着车行走，一路上看看风景，那不是很好吗？"

现在老余一有空，就钻进二楼的书房，在那里练字。他一钻进书房，身上的烟火气就消失了，就有了山林气，有了沉静气。他习的是王羲之的帖。我问老余，写字跟做菜，有什么地方相通么？老余说，异曲同工——做菜要掌握火候，知道什么时候加料；写字要懂得运笔，明白笔墨的性情。

这么一想，老余说得真对。做菜，写字，道理是相通的。说白了，这是一种悟性，是你对工具的熟悉。当你对笔墨与纸的关系，或者对菜肴与水火的关系，了解得极其深入、运用得极其娴熟之时，这些东西就会成为表达内心的一种工具了。工具不再重要，内心才变得最重要。

这就是境界。这也就是人生。

对老余来说，做菜的时候，锅铲就是他的毛笔；写字的时候，毛笔就是他的锅铲。做什么不重要，用什么心思去对待，才是最重要的。

比方说吧，有一回，县城里接待重要客人，让老余煨好二十个汤瓶鸡，第二天中午送到县城去。老余想来想去，决定不送。不送，不是因为老余要耍大牌，也不是老余嫌路太远，更不是老余炖不出那么些鸡。真正的原因，是老余知道他的汤瓶鸡，只有在这个山高林密的路边饭店，味道才正宗。他煨汤瓶鸡，要用木炭火，轻轻悄悄煨上三小时。快了，猛了，出来的味道都不对；煨好送来送去，肉老了，汤凉了，味道更不对——到时，岂不是要砸他的招牌吗？

也只好得罪一下领导了。

但老余也说了，宁得罪君子，不得罪小人。

君子大人有大量，讲道理，得罪一下他还能原谅你，理解你；小人胡搅蛮缠，有理说不清，宁愿让他三分，退避三尺才好。

老余开店几十年，上到达官贵人，下到地痞流氓，以及什么文人墨客、贩夫走卒，三教九流的人，都见识过，都打过交道。老余听话听音，三句话一接，就知道对方的身份甚至口味。比方说，来客五大三粗，走路甩膀，喉咙梆梆响的，他做菜下手就要重一点；要是西装革履，轻声细语，做菜最好就偏清淡些。

但老余现在，也是偶尔才会下厨了。他下厨已不再是为了挣钱。就像他写字，不是为了搞艺术一样。人家说，老余，你的字这么好，可以去参加省展、国展了。老余摇头，说不去，人家王羲之、张旭，有没有参加过省展、国展？肯定没有嘛。人家又说，老余，你的饭店这么有名，怎么不多开几家分店，搞一个连锁？老余也摇头，我只要一个小小的店就够了，可以玩一辈子了！

继续喝酒，聊天。老余说，做菜跟书法，还有一个相通的地方，就是永远没有第一，也永远没有终点——不过都是“途中”。

我盛了一碗鸡汤，慢慢喝了，味道真好。溪鱼、老豆腐、丝瓜、红烧肉，道道菜都好吃。

我要歌颂粉干

【这是一次短暂又漫长的修行。面对食物，吃，才能体现出一个人最大的诚意。】

有天中午，我在根博园酒店床上醒来，接到皮哥的信息：吃中饭去。

洗洗刷刷，兴冲冲去了。去了才知道，是小城最奢华的粉干：五十元一碗。

其实也不止一碗，用“盆”来形容会比较准确——的确是一大脸盆，约莫有十斤重吧。皮哥很认真，端起脸盆掂量掂量，又从裤兜里摸出一卷皮尺，量了一下那个盆的直径，四十厘米。

皮哥的裤兜里为什么有皮尺，我也不知道。是不是他预备好的呢？我以前听说，皮哥曾经待过几年的那家著名报社，记者们的随身包中都有皮尺、榔头等工具。据说，想要成为一个好记者，那都是必须配备的工具。也就是说，一，你得随时随地拿得出准确的数据；二，你得总是有“硬货”。好记者只要一出手，就知有没有。

皮哥也是具备这两样条件的人。

粉干就是证明。

我是热爱粉干的人，毋庸置疑。在衢州，这种以稻米为原料加工而成的食物，是最受欢迎的夜宵主食，不管是炒粉干还是汤粉干，都曾让我魂牵梦绕。

有时候，我从杭州开车到衢州，宁愿忍受辘辘饥肠，也要等到达目的地之后再吃饭。原因很简单，到了能吃上一碗炒粉干。

在衢州，不管是柯城还是开化常山，都有一碗拿得出手的粉干。当地人可以告诉你，哪条巷子的哪幢居民楼下，哪个师傅炒的粉干最好吃。你只要按图索骥，就可以吃上一碗上好的炒粉干。但是出了衢州，我就不敢打包票了，有的时候，你明明点的是一碗炒粉干，端上来的却是一碗，炒粉丝。

粉干与粉丝，一字之差，在很多地方却是完全混乱、混淆、鱼龙混杂的。

好吃之人，唯有徒叹奈何。

这是一盆好粉干——在这小城的寻常巷陌，离一座菜市场不远的无名弄堂，甚至没有店名和招牌的人家，一盆好粉干就是最坦诚的名片。这是一盆带着汤汁的煮粉干。汤汁有些红色，应该是番茄与辣椒酱共同作用的结果；配料里有香菇、青菜，还有笋丝、肉片，以及星星点点的青蒜叶。这是典型的开化粉干。因为在开化吃粉干，不仅粉干要劲道，更重要的，是要看辅料是不是舍得下本，辣椒酱是不是做得足够香。

皮哥招呼老板娘：再来三个鸭头。

你可以想象一下这顿中饭，一脸盆粉干，其实三个人已经足够了。绝对管饱。但为了彰显粉干的丰富性，皮哥又特意添了一道鸭头。

鸭头也是地方特色了。在小城，粉干配鸭头，这是绝配；再配啤酒，更绝。当然，不仅可以加鸭头，也可以加兔头、鱼头、大排、鸭掌，都是好东西。

三个人，一人一大碗粉干，没有二话，就这样埋头大吃。这样吃粉干，呼噜呼噜，快意恩仇，很容易吃出气势、吃出高潮来。此时此刻，适宜打开所有的感受细胞，凝神聚心，体会人与食物之间的这种单纯美好的互动关系。

这是一次短暂又漫长的修行。面对食物，吃，才能体现出一个人最大的诚意。

无须寒暄客套，没有繁文缛节，只需要：吃。

你与食物，食物与你，犹眼观鼻、鼻观心。当你把注意力集中于一点，便能抵达一种身无负担、心无挂碍的忘我境界。

当此时，你全身松弛，五官畅通，一碗粉干的色香味，丝丝缕缕的滋味与感受，就这样纤毫毕现。

食物与机体，达到了全维度的沟通：你即粉干，粉干即你。

吃这一碗辣辣的粉干，必须掌握一些技术，首先就是不能急吼吼地快速吸入，否则很容易被辣椒呛到。你必须隐忍、克制，拿捏到位，掌握自己的节奏。

这种稍稍的克制，学术表达为“延缓满足”，其与食欲本身的放纵，达到一个平衡点。这是一个，嗯，微妙的节点。就像写一篇文章，或者像喝一场酒……总之，必须保持一定的节奏，快了不行，慢了也不行。在这样的节奏里，你会发现，你正在缓缓地，抵达一种欢愉的状态。

于是，身上热起来，汗珠也随即冒出来。你毫不在意，吃完一碗，再盛一碗。这才是对一碗粉干最真挚的赞美。

吃粉干必须掌握的另一项技术是，你得懂得适时放下筷子。

开化的人，对于粉干，情有独钟，一日三餐以及夜宵，粉干都可以畅通无阻。说到粉干这个话题，不认识的食客也会十分负责地告诉你，除了某某弄堂里的这家，某某学校门口的那家夜宵摊也不错，就算是大冬天寒风凛冽的夜晚，也总有人排队，等着他们家的炒粉干出锅。或者，他也会告诉你，青少年宫门口，也有一家汤粉干，几年前是两三块钱一碗，这两年涨价了，他们家的特点是辣呀，辣得你大汗淋漓，但是，就是好吃，过瘾。

对，每个人心中，都有一幅自己的粉干地图。

两碗粉干下肚，接下来就可以慢慢来了，让我们聊聊闲话。比如最近网上的热点，说是互联网金融一家接一家爆雷了，很吓人的，许多人搞得血本无归。比如房价听说又要涨，有什么关系呢，只要粉干价格不涨，这座小城依然是宜居之地。

就这样，我还想到另一件事，我要歌颂粉干。

我要歌颂粉干，歌颂它的热烈与入味。我要歌颂粉干，歌颂它的幸福与稳当。我吃得太多，表达太差，有些词不达意，如果诗人朋友余秀华来到这里，应当会为粉干写一句更好的诗，超过那一句——

这些美好的事物
仿佛把我往春天的路上带

他内心的火焰

【他内心的火焰凝结在一道道菜上，低调又奢华。】

夜深之时，皮哥在微信上发了一张图片，我瞄了一眼就不可遏止唾液腺的分泌了。那是一碗豇豆干。对，辣椒炒豇豆干。红的绿的，那么一碗，真是下酒的妙物。半夜瞄一眼，酒虫就被勾上来了。

看似一道普普通通的菜，然而，要很好吃，却并不容易做到。

豇豆干要怎么样才好吃？“干而有肉，软中带韧，诚为上品”，这是皮哥的定义。开化菜公益推广大使皮哥，长期以来不遗余力在朋友圈中晒他的家乡菜，且坚持不懈，“刀法”独特，令人印象深刻。

皮哥的“刀法”，主要体现在：一，半夜发图；二，文案精彩。比如：

“这是一份有灵魂的卤猪肝。”

——言简意赅：炒猪肝。

“一般都烧汤，但其实清炒也不错。咬在嘴里软软的、肉肉的，嗯，像捏海绵，让人放松，又有安全感。”

——指东打西：木槿花。

猪肝要有“灵魂”，木槿花要让人有“安全感”，还要有治愈效果，看得出来，皮哥是灵魂派美食文案家。

皮哥供职于媒体，经常要向读者征稿。但他的征稿启事，经常发布在菜盘子上。一道油汪汪的煎辣椒、爆炒肉片的图片发出来，相当诱人对不对？但你必须克制，然后把图片放大，放大，再放大，目光骄傲地掠过那诱人的菜肴，方才可以看见，菜盘子边缘的那一行小字：

皮哥郑重约稿，你的夏天怎么度过？水里游，家里蹲，还是空中飞？欢迎来稿……

皮哥的朋友们坦言，要发现这行小字，既需要侦探般抽丝剥茧的细心与好奇心，又得具备美食当前而心怀不乱的静气与勇气。

皮哥这个人耐人寻味。他话语不多，显得深沉有内涵；工作尽心，如黄牛一般地执着。但他内心是有火焰的。他的火焰通常只在夜深之后燃烧。他内心的火焰凝结在一道道菜上，低调又奢华。

"火柴灶的骄傲。"

——红烧猪蹄。

"青蛳你们吸，辣椒我来吃。"

——开化青蛳。

"土豆你们咬，紫苏我来吃。"

——紫苏烧土豆。

皮哥，你就这么爱吃辅料吗？有一天我问他。他的回答是——“还别说，只有真会吃的人，才懂得辅料的美味。”

皮哥的文案就这样层出不穷，艳压群芳。我以为，那美妙的一行句子，往往抵得上一篇洋洋万言的论文。

“划过粗糙的表面，轻轻一咬，是熟悉的肉味。”

——苏庄粉蒸肉。

“肉丸常有，但胜过外婆做的，极少。”

——清蒸肉丸。

“这道菜，又名‘沉睡味蕾唤醒者’。”

——煎辣椒。

“吃饭，有时候菜要好，有时候地方要对，但最关键的，是人要合适。快快说的。”

——农家火腿蒸土辣椒干。

皮哥已成为开化菜无可替代的发言人。我每至开化，必先找他。民以食为先。中饭哪里吃，晚饭哪里吃，皮哥都会制订好路线图。

跟着皮哥吃，错不了。隐藏在老旧居民楼里的私家小厨，深踞在巷子拐角处的老牌粉干，乃至于在偏僻乡间新开才三天的格调餐厅，他都可以循香而往，绝无落空的可能。

我有时在小城住两天，有时开着车往山里去，漫无目的地转悠，有时就找个风光尚好的地方，坐下来安静喝茶。就在这样的转悠与小住间，每一次，皮哥与快快，都会张罗好吃饭的地方，而且几乎是顿顿不重样。皮哥的表达很官方，说要让我尽可能多地领略小城美食的魅力。

而我，酒足饭饱之后，摸着肚皮，此时此刻也没有别的话说，只有简单的两个字："好吃。"

因此，我每每在写完一篇文章的时候，都想在文末备注一句："皮哥、快快对此文亦有贡献。"

口水落在菜单上

【炊烟袅袅之中，你在村庄走过，各家炊的什么粉，一路闻香心知肚明。】

离我家两站路的地方，有一间开化菜馆，我经常去。常点的菜有：开化清水鱼、开化青蛳、开化炒粉干、土烧溪水汪刺鱼、土烧鸡、土烧螺蛳、开化小炒肉、龙游香干、开化气糕、土烧芋艿、清炒地瓜梗、回味老猪肝、衢源紫苏蛙、野生鱼干、钱江源小杂鱼、马金豆腐干、音坑肉圆、腊肉炒莴笋干、咸肉笋干煲……

下午四点，饥肠辘辘，写这篇文章，打出这些菜名时，不禁垂涎欲滴。

小杂鱼。

在开化吃鱼，清水鱼之外，即是小杂鱼。小杂鱼，以前人家叫野猫儿鱼。意思是，那么小小的鱼儿，只有野猫吃，人是不屑吃的。现在不一样了，小杂鱼普遍卖得贵。若是野生小杂鱼，基本卖到七八十元一盘。

在开化，随便进哪一家小店，都可以吃到上好的小杂鱼。主要是烧得好。有一次，雨夜到得开化，皮哥问去哪家吃晚饭，还是选择题，备选项有三,一是某某饭店，一是某某排档，一是某某私家小厨。选三。皮哥引路，曲里拐弯地去了一幢建于半个世纪前的老式居民楼。深藏于老式居民楼的饮食，深深俘获众食客的心，当夜，一盘小杂鱼鲜辣无比。

青蛳。

对于一个地方的热爱，很大程度上来自直接的感受。对于开化的直接感受，是在舌尖上完成的。除了清水鱼，另一个必点菜是青蛳。青蛳只在水质绝佳的溪流中现身，个儿比一般的螺蛳小很多，黑色，细长外壳，灰绿色鲜肉。我家乡常山，五联村的桃花溪中，青蛳很多，我自小在夏日傍晚，到溪中捡拾青蛳——青蛳拿不拿回家去吃，倒不那么重要，溪流里的一刻清凉，最是珍贵。当那夕阳缓缓下落，幽蓝在村庄里升起，这溪水与山谷之间的清凉，也一层一层上升，这是山居生活之中令人愉悦的美好。

今年六月，众稻友至我水稻田插秧，傍晚到溪中拾青蛳，人多力量大，拾得青蛳两大碗。后至下榻的民宿，请主人烹制出来，大快朵颐。因是自己捡拾的劳动成果，青蛳更添一分鲜美。

——我未曾听说，开化、常山之外，何处还有青蛳。

粉干。

衢州的粉干是真好吃。有一年冬夜，我与朋友在开化吃夜宵，顶着寒风钻进一个简易棚，坐下烤火，喝米粥，吃炒粉干，极是慰藉肠胃。上次听一朋友说，他每次回开化县城，都要吃一大碗炒粉干。

我极赞同。人在杭州，难得吃上正宗粉干，唯开化菜馆有之。前些日子，我亦网购粉干六斤，寄到后只是搁着，尚没有动手烧，然而粉干搁着，吾心也甚慰。

土烧汪刺鱼。

汪刺也叫昂刺，在开化通常是与小杂鱼烧在一起。土烧，就是普通的红烧法，里面放紫苏、辣椒。我极喜欢紫苏。每次回衢，我都要采上一袋紫苏备用。以前写过一篇文章，讲到紫苏烧鱼，着意歌颂了一番紫苏，文章自己都不记得了，那个文章名却被很多人记得——“紫苏的紫，紫苏的苏”。

开化气糕。

“蒸这个动作，本来就是远古祭祀活动中的一种仪式。这一蒸，人师法的是造化，鸡肉中本具的真味被敞开，像窑变一样升华成形而上之味……”于坚写《建水记》，其中提到汽锅鸡时这样形容。“汽锅鸡讲究的是汤，汤由鸡块干蒸而出，这是天人合一的具体化”，知道的人晓得这是在做汽锅鸡，不知道的人还以为是搞什么封建迷信活动呢。

开化气糕也是蒸出来的。蒸气糕极讲究技艺与门道。做得好的气糕，绵软香甜，弹性十足。常山与开化皆有气糕，常山叫作醅糕，是两地早餐中常见的特色小吃。然常山人感到郁闷，醅糕怎么就被开化首先命名了呢。

气糕的主要原料乃是米浆。选用早稻米，浸泡一晚，拌入酒糟，磨浆。浆不能太稀，也不能太浓，并要根据天气变化调整。搁置数小时，静待发酵。当插入一根筷子而不倒时，就证明发酵功夫正好，可以上笼蒸制了。蒸笼上铺一层纱布，舀上两三勺发酵后的米浆，摊平，施以虾仁、猪肉、豆腐干丝、辣椒等馅料，大火蒸炊十几分钟即可。趁热吃，极好。若是放凉了，则用山茶油或菜油两面煎黄，极香。另外，在开化，并没有所谓哪一家气糕是最正宗之说，因一家有一家的特色，大可一家一家吃过来。

马金豆腐干。

豆腐干到处都有，马金豆腐干有何可说？主要在于工序不同。压制之后，尚有切片、晾晒、烘烤等道工序，马金豆腐干于是硬朗而有嚼劲，即便是切成薄片，也可以当作冷盘小食。因为有了烘烤的过程，其口感略有烟熏风味，本身又略咸辣，与辣椒、笋片、冬菜等同炒，甚是相宜。陈晓卿评价:“口感比毛豆腐柔韧，味道也更犀利，一口下去，整个口腔鼻腔完全失去抵抗。”我在开化，见几家他去过的小饭店，都把他的照片打印出来装裱上墙，用以招揽生意。

豆腐制品种类繁多，以中国之大，豆腐覆盖区域之广，饮食想象力之狂野，豆腐的复杂性着实令人讶异。我曾于云南大理白族自治州弥渡县的密祉，品尝过“豆腐宴”。从豆浆、豆花到油炸豆腐、麻婆豆腐、荷花豆腐，再到毛豆腐、臭豆腐、豆腐肉圆子，一道一道端上来，眼花缭乱，食指大动。听说马金镇也有豆腐节，豆腐节上也有豆腐宴，我未曾参加过，更未曾品尝过，不知特色如何。

土烧开化芋艿。

芋艿本也各地都有，未曾听说开化有别致的芋艿。只有一桩，我在古竹餐厅吃过一道青菜油渣煮芋艿，实在是香。油渣现在不太多见。杭州面馆里，食客要加油渣，须事先告知，另须多付两三元钱，后厨即可另加一份油渣于面中。我在开化某小店吃面，见店主人把一大盆油渣放在桌面，任由客人免费自取。油渣若是用青红辣椒炒出来，实乃下酒妙物，只是如今大家觉得不宜多进油脂，遂远离。我吃那道青菜油渣煮芋艿时，高兴得很，用芋艿汤拌饭，连下三碗。

腊肉炒莴笋干。

开化菜里，喜欢把各种菜晒成干，如辣椒干、茄子干、黄瓜干、冬瓜干、豇豆干、苋菜干、蕨菜干之类，冬天拿出来，加上腊肉或咸肉，一个煲炖出来，咸香飘荡，十分美味。腊肉炒莴笋干，也宜于下酒，我每见必点。

苏庄炊粉。

炊肉，炊鱼，炊泥鳅。在苏庄，没有什么是不能拿来炊的。炊者，蒸也。我吃过一次炊辣椒，也就是辣椒纵向切开，里面填上肉，上笼炊熟。当地人叫作“辣椒包”。不止辣椒，各种瓜菜都可以炊，鸡鸭鱼肉、螺蚌鱼虾，大可炊之。

苏庄包炊一切。其秘密是，将一切裹上米粉来炊。以前我在江西婺源吃过粉蒸肉，现在很多饭店都有了。苏庄离婺源不远，粉蒸肉也是经典的炊菜。听说苏庄人家，聚饮必炊粉，喝粥必炊粉，杀猪宰羊更宜炊粉。蔬菜旺季，大户人家天天炊粉，有的一天还要炊好几次。逢年过节，不炊不行。造屋乔迁、嫁女娶妻、生娃做寿，举凡大小喜事需要摆酒，至少炊上十回八回，不炊不归。

现在都市里蒸菜流行，盖因蒸这一烹饪方式，能更多保留食材的鲜味及营养成分。小龙虾席卷天下，麻辣为多，但也有清蒸的，比麻辣的做法要贵好多，因清蒸须食材好。蒸锅海鲜很常见，蒸海鲜的汁水，滴落蒸锅的米粥之中，变成一锅海鲜粥。这要是在苏庄，就全部裹上米粉了，一炊了之。这个炊字，我越看越好，仿佛是比蒸要好。炊烟袅袅之中，你在村庄走过，各家炊的什么粉，一路闻香心知肚明。

音坑手工肉圆。

肉圆我是喜欢的。把肉剁碎，拌上番薯粉，与切碎的芋艿、蔬菜、荸荠等拌在一起，捏成团子，蒸或煮熟，都是极为好吃的。与豆腐一起，炖一个肉圆豆腐煲，冬天里吃起来真是热乎。我在很多地方吃过肉圆，以粉糯、鲜美、弹牙为上品。

——以上之外，老鸭咸肉煲、腊肉煮笋块、清炒马兰头、油菜心等之类，跟着时令不同，很多菜单亦有不同的季节性变化，无法一一罗列，然而都是好吃的。

一次晚饭

【我还尝过怎样鲜美的野果，听过如何婉转的鸟鸣。】

山里都是有腊肉的。没有腊肉的山里不是好地方。

有一年我去四川。一个人。去了牟尼沟。十一月下旬，晚上天气很冷了，我在沟口找了一个店，点了两个菜，一个人在夜色里喝了两瓶啤酒。记得其中一个菜是腊肉炒蘑菇。一个人的行程总是令人印象深刻，我到现在都记得那时的细节，甚至当时的想法（老是回忆的人，就成了一块老腊肉）。

眼前这碗腊肉上来，我们开始喝酒。然后是溪鱼。溪鱼是一定要的。没有溪鱼的山里不是好地方。

我写过一篇《溪鱼》，那是我写的《南方书》系列里的一篇，是一封信，写给一个我没有见过的人。我告诉她溪鱼是多么好吃，我曾经是怎么样地在田里和溪中来去，我又是怎么样奔跑在山岗上，我还尝过怎样鲜美的野果，听过如何婉转的鸟鸣（那时候你不认识我，你太遗憾了）。

后来就上了豆腐。盛装在煲里的豆腐。这样的土豆腐和咸骨头一起在炭火砵里千滚万滚，一定很入味了。炒腊肉和红烧溪鱼是用来下酒的，下什么酒？啤酒、杨梅烧，都是很好的。要是红酒就不行了，你要是在这样的菜面前上了一瓶红酒，你就不接地气了。那么最接地气的是什么？应当是杨梅烧。

再后来就上了青蛳。

这是我“大显舌头”的时候了。我舀起一勺青蛳，大约十几粒青蛳吧，我把勺子放在嘴边，一秒一粒，或两秒一粒，不用手，只动口，就把青蛳的肉一个一个吸出来了。有没有人申请过这方面的吉尼斯纪录？如果没有，请帮我申请一下，这样我就可以为青蛳代言了。吃完了青蛳，姐姐，我们一起去看月亮吧。

这个菜里藏了很多梗。你一吃就笑了，番薯梗嘛。青青翠翠的。炒番薯梗一定要有几粒蒜的。不仅是烧番薯叶和梗，烧苋菜和油麦菜也是这样的，这样香一些。番薯叶是世上最温柔的青菜。二〇一六年五月十四日，吃于开化。三个男人，居然是。

Chapter 3

林中的秘密生活

两条路分散在树林里，而我选择了人迹更少的一条，从此决定了我的一生。

——【美】罗伯特·弗罗斯特

去野

【高山上，庙里的时光，应该会更加清寂吧。】

1

手边有一本杂志，整本都讲野外的事情。这个意思看起来，是说现在大家都不在野外，离野性很远了。“脱离城市的光影声色，去人迹罕至的地方感受自然”，再不野，你就老了。

在野外生活或者工作，会是一件有意思的事情吗？摄影师 Alex 去过各种遥远荒僻的地方，在星空下野营。事实上，他在野外生活，也在野外工作。

在路上带给他自由的感觉，不断地从一个地方移动到另一个地方，不被束缚，也不重复，这很有新鲜感。对一位创作者来说——对了，Alex 是一名摄影师——抓住一天中的第一缕阳光太重要了。工作的时候，他会早早醒来，拍完照片，然后回到室内进入案头工作。他会处理邮件，编辑图片，同时研究下一个拍摄地。

这种工作与生活的平衡，让人羡慕，同时或许也会让人觉得有些难以掌控。有时候，你依然需要建立起一种计划性，或形成某一种规律，以便自己不陷入那种动荡的感觉中。我不知道他是怎么处理在路上时不安的情绪的。但是对我自己来说，多年的媒体工作经历，使我习得了一种不管身处如何嘈杂的环境都能专心投入工作的技能。打开电脑，一个键一个键地在键盘上敲打出文字，这令人心思聚一。我甚至有点喜欢在咖啡馆里写作，只要周围都是陌生人就好。我特别害怕熟悉的人在我身边转悠，那样的话，我会一个字都写不出来。当然，我也喜欢在森林中写作——我看到过许多国外作家有一间“林中小屋”，比如梭罗，他们独自走进林中小屋，在那宁静的空间里写下许多作品。

建筑师朋友赵统光，似乎洞见我深藏于心中的梦想，他画了一张草图，我一看而大为惊异。他画了一个林间小屋，搭得高高的，像一个鸟窝，需要借助楼梯才能爬上去；小屋隐身于树林枝丫间，狭小仅可容一人之身；小屋有窗，窗外用绳子系着一个竹篮，需要什么东西时可以用竹篮提上去。统光问我——这是你想要的那间林中小屋吗？老实说——我挺向往的。

2

大概两年前，国内一家专注于自然保护的基金会，邀请我去几个自然保护区驻留、观察和写作。当时我认真考虑并做了计划。后来终因其他原因未能成行，但内心对于孤守森林草原溪流这样的事，依然产生诸多想象与期待。

有一年深秋，我在四川阿坝州茂县九顶山山脚住着，听猎户讲九顶山的故事。比如他讲如何在山上做绳套，以及怎样通过粪便等蛛丝马迹来识别动物。

“打猎的晚上，我们住岩窝子……山上老下雨，火药枪淋湿就打不响，还是做绳套管用。林麝和马麝是首选猎物，因为麝香能卖给供销社，管钱；动物肉自己吃，或是拿到县城卖，可也背不动那许多。山里路太远，只能熏烤成肉干再背回去。一两麝香能卖四十多元，一斤肉才卖几角，不管钱。

“做绳套啊——下套之前，用三四天时间踩山，看动物出没的地方。麝子会在树桩上擦痒，那儿有脚印，也有粪便。每个野兽的脚印都不同：斑羚的脚印大，两个蹄子岔得宽；马麝的脚印比斑羚小，分岔也窄一点，两个趾后面还有两个小子蹄；林麝脚印比马麝脚印还要小。

“……也能看粪便。斑羚的粪便，跟家羊差不多，一粒粒散在地上；马麝的粪便小得多，黄豆大小，但比黄豆长；林麝的就比马麝的还要小一些，长一些。公子（雄麝）的粪便，又大又圆，母子（雌麝）的就没那么均匀，光泽度也差……还能闻，公子的粪便有麝香，母子的没有香。

“斑羚、毛冠鹿、小麂、林麝和马麝，有固定的地方排便，叫粪塘子。我们就在粪塘子下绳套。它们走过的路上，也可以下套。套子用树叶隐蔽，一点痕迹都看不出。麝子来了，一脚踩下去，哗啦，十有八九都能套住。”

听老猎人讲这些事，我听得入迷，请他慢慢讲，我细致地记录。

老猎人叫余家华。后来由于九顶山的动物越来越少，他意识到该放下猎枪了。于是他改行做自然保护，一心一意保护野生动物。大雪封山时，他也背上登山包，全副武装，跟几个伙伴一起去巡山。

“巡山的时候，我们住在海拔四千米的岩窝子里，晚上出来一看，哎呀，天很蓝很蓝，说不出的蓝。满天都是星星。我们面对篝火，喝酒，唱歌。”

他说，晚上能听到斑羚在不远的地方叫，“喝儿——”“喝儿——”，猫头鹰发出“呜呼——”“呜呼——”的叫声。这声音，让大山显得更安静了。

他又说，半夜里，起雾了，整个九顶山雾蒙蒙的，就像在仙境里一样。

3

有一部日本电影，《哪啊哪啊神去村》，矢口史靖导演，2014年的作品。

废柴青年，吊儿郎当的，结果去一个偏僻的连手机信号都没有的深山里当了伐木工人，开始了为期一年的小村生活。故事情节其实很简单，但是影片把人与自然、大山的关系刻画得很好，故事线之外，随处可以听到自然界的水流声，鸟兽的鸣叫声，山林的风声雨声。在这样悠缓的节奏里，慢慢流淌出人们对大地山林的敬畏之心。

看完，会觉得这是一部很有意思的冷门电影，虽拍的是林业工人这个职业，却把平淡的职业、日常的生活拍得唯美又令人向往。同样，有一部《小森林》，也让人觉得小村庄里的四季生活是那样令人愉悦，劳作，取食，人们说话做事，都简简单单，慢慢说来做来。

有天深夜，著名编剧海飞给我发信息，问有没有打算把“父亲的水稻田”这个故事拍成电影，“一部类似于《暖》或《那山那人那狗》那样的影片”，不需要强烈的矛盾冲突，但是很唯美，把中国乡间的日常劳作与生活呈现出来。

我当然想。我也期待着这样的机会。

这几年，在乡下种田的经历带给我许多美好的体验与深沉的感受。人在自然之中劳作，有更多机会回归自己内心。我也在这样的劳作之余，以文字和摄影去记录，使我拥有比稻谷本身更丰富的收获。

有时我会阅读几本自然文学的书，比如亨利·贝斯顿在科德角的海边写下的《遥远的房屋》；比如梅尔在普罗旺斯写下的《普罗旺斯的一年》；比如约翰·缪尔在内华达山写下的《夏日走过山间》；比如约翰·巴勒斯在哈德逊山谷写下的《醒来的森林》。

我相信，在跟大自然静寂独处的过程中，能感受到更多灵性的瞬间，也能听见小鸟与虫子们悠远的鸣唱。

4

在古田山，于幽寂无人的山路上漫步，也有过一丝念头：如果把我丢在这里，一个月或两三个月，我会如何度过？

使我产生这样想法的机缘，是与一位自然保护站的年轻人聊天，他二十出头，在这大山深处工作。我对他的生活状态很感兴趣，毕竟，大学毕业，从繁华喧闹的城市一脚踏进深山沟里，深夜连一个说话的人都没有，能不能适应呢？一个又一个冷清的夜晚，又是怎样度过的？

如果，在这里拍一部电影，就用安安静静的镜头，拍一个年轻人在这里的工作与生活，是不是也会成就一部《哪啊哪啊神去村》那样的电影？

我认为那会是个好题材。海飞先生，或各位导演，你们不妨也考虑一下，一起到古田山来住几天，感受一下吧。

古田山上有座庙，要走很远很远的山路才能到达，那是一条古驿道，现在野草欣盛，早已湮没久远时光里的屐痕。但是山上庙里依然香火不断，我很感兴趣，不禁想，到底那庙里住着怎样的高人？

高山上，庙里的时光，应该会更加清寂吧。

天快黑了，窗外的山林披上幽蓝的外衣。

猛兽出没

【如果是在黑夜，有一些事物会唱歌，或者飞翔，或者蹑手蹑脚地生长，在月光下舞蹈，在浓雾中穿行。】

去古田山的那天清晨，我开车从县城接上老陈。那是正月初八还是初九。老陈站在春寒料峭的马路边，手上拎了几个礼盒。古田山在苏庄那边，有点偏远，距县城五十多公里，再过去就是江西婺源、德兴。老陈嘱咐我尽量早一点出发，说是顺路要给朋友拜年。

到张湾乡油溪口，再到苏庄的毛坦集镇，继续前行，一路开过去，真有些山遥水远的感觉，心里会嘀咕，怎么还没有到呢。但在乡下开车，一点儿不觉得枯燥，路上又与老陈聊天，知道了他的许多故事。路过一个村庄，老陈拎了一盒东西下车，也不多停留，放下东西就走了。我很好奇，问他，给人拜年，也不在人家里吃顿饭哈。老陈哈哈一笑，说是多年的护林员，老朋友了，很支持保护区的工作，一年到头也辛苦。这不，拿两瓶酒，表示一下心意。

一路上山林幽深苍翠。草木似乎依然在冬日里沉睡。终于山路越来越静谧了，色调也越来越幽暗。仿佛是跟天色有关，那天多云转阴，阳光一直没有露脸，山林反而更添一层神秘之色。

我喜欢这样的山林。我也一直想到古田山去看一看。听说山下有田近百亩，田旁又有建于北宋乾德年间的一座古建筑，曰凌云寺，亦名古田庙。山遂以庙名。古田山的东北两面，群岭耸峙，西南方向岗岭环抱，山陡地险，岩石嶙峋，山上林木葱茏，遮天蔽日。许多年前，这里就是自然保护区了——有豹子吗？我问老陈。老陈说有啊，不仅有豹子，还有黑熊。大约是十年前，有张湾的村民慌慌张张向林业部门报告，说村庄后面的山林有熊出没，多次伤害了放养在林间的羊。可惜那时没有什么相机设备，拍不下来。据说还有黑熊伤人事件。后来，到了2011年9月，古田山国家自然保护区里布置的红外线照相机，拍到了野外出行的黑熊。黑熊走路，大摇大摆的样子，以为人不知鬼不觉，其实已经触动了相机的自动开关，它的身影，已被相机偷偷地记录下来。

在当地，人们把黑熊叫作狗熊。科学的叫法，也有叫月熊、喜马拉雅熊或藏熊的。总之，黑熊是一种猛兽。多数时候，熊们在夜间出行，白天就躲起来，在树洞或岩洞中休息。熊的口味很杂，以植物为主，喜欢各种浆果、植物嫩叶，或是竹笋、苔藓，也吃昆虫、青蛙和鱼，当然，在某些时候，还会闯到村庄里，攻击和捕食家畜。熊虽体形笨重，依然是游泳爬树的好手。如果你和一头熊正面遭遇，四目相对，希望你不要想爬到树上以图躲避——在爬树这一点上，熊的技能比你强太多，你爬树时一定会很绝望。

不过，老陈说，许多村民一提到黑熊就觉得害怕，其实不必。这是对熊有误会。熊其实怕人。熊怕人的程度，远超过人怕熊。只是，如果母熊身旁刚好有幼崽，那么人就千万要小心了，母熊的警惕性极高，护崽心切，稍有风吹草动，它就会怒火攻心，出掌袭人。

老陈说，在古田山，还有许多保护动物，比如白颈长尾雉、白鹇，都可以看到。每年都有很多摄影爱好者，会来山里拍白鹇。关于白鹇……嗯，眼前就是古田山了。我们这样说着话的时候，路就变得不那么遥远了。老陈的办公场所，是山口一排低矮的房子，就在几棵古老的大樟树底下。停好车走过去时，看到门边地上有一大片苔藓，那片苔藓长得真好，绿油油的仿佛绿毯，让我简直愣了好一会儿。

大约是刚过完年的缘故，这两天到古田山来的人极是稀少，只有几名工作人员站着闲聊过节的事情。我在老陈的办公室喝茶，翻看过期杂志和古田山的书，过一会儿，来了一个年轻的小伙子小蓝。后来我们三个人，就一起去看白鹇与白颈长尾雉。为了繁育与保护这些动物，保护区建造了非常好的设施，为动物们创造了一个与自然环境几为一体的场馆。隔着铁丝网，我远远地看见鸟儿们在那里踱步，悠闲，也很优雅。我们噤声，缩颈，藏在远远的地方。看完了鸟儿，中午就在古田山的食堂吃饭。一碗辣椒肉片，一碗番茄炒蛋，菜做得很好吃，只是盛饭的碗啊，把我吓了一跳——那么大的饭碗！

从食堂里走出来，四面的鸟儿在枝头鸣叫，叫声欢畅极了。在这样的环境里工作，应该是再幸福不过的事情了吧。

散步的时候，又说到黑熊。古田山发现黑熊身影之后，在数十公里外的南华山，也有护林员发现了黑熊。某年三四月份，黑熊结束冬眠，出得洞来，在四面悠悠闲逛。广袤山林里层峦叠嶂，林深泉幽，飞禽走兽，万物生长，神秘的黑熊也如“大侠”一般隐身其中，出入其里，除了脚印与粪便，留下的东西真的不多；若不是这些年，森林里配备了厉害的红外设备，黑熊、中华鬣羚、黑麂、蛇雕、松雀鹰，以及别的“大侠”们，哪里能被人轻易看到？

那现在，还有老虎吗？我问。

老虎可能是没有了。但老陈又很谨慎地说了“但是”——但是没有被人观察到，不代表就真的没有。这样说起来确实比较严谨。在浙江自然博物馆里，陈列着一具20世纪50年代在丽水采集到的华南虎标本。那具标本十分珍贵，因为如今华南虎在野外已难觅踪迹，据说那是整个浙江最后的一只华南虎。

山中无老虎，猴子称大王。

山中还有什么？《都市快报》2017年10月7日刊发过一篇报道《浙江最后一个发现华南虎踪迹的人 寻虎17年》(记者甘凌峰)，文中说，“在上世纪五六十年代以前，华南虎曾广泛分布在浙西南的温州、丽水、衢州山区，之后失去踪迹”。报道又列举了多起猛兽袭击事件——

2011年1月，温州市瓯海区泽雅镇一养殖场发现6只羊、10多只鸡被咬死，有关专家初步判断“被豹子袭击的可能性较大”；

2011年9月，苍南县凤阳畲族乡出现山羊被凶猛动物咬死事件。据前期勘查，动物专家基本确定为金钱豹。金钱豹是国家一级保护动物，成年体重可达50公斤以上；

2013年1月，清凉峰国家级自然保护区（地处临安）内，发现一只已经死亡的野生梅花鹿，身边有不少脚印，可能是云豹留下的；

2015年，临安湍口81只山羊离奇失踪，在山上发现清晰的兽类足印，约拳头大小、四趾，趾前部有明显锋利尖端……

老虎、豹子这些话题总能引起人的兴趣，也让人对神秘的山林充满想象。森林里到底有什么？我相信森林总有一些事物是超出大家的想象力的，不管是白天还是黑夜。如果是在黑夜，有一些事物会唱歌，或者飞翔，或者蹑手蹑脚地生长，在月光下舞蹈，在浓雾中穿行——它们或许是一些动物，或许是一些植物；还有一些则会来到森林的边缘地带，留下一些遗迹或疑团给人类，那些疑团，或许能一直延续几十年而无以解开。

这也是我来到古田山的动机之一。

我很好奇，老陈这样的人一直在与森林打交道，有没有遇到什么神奇的事。我一直想让他聊一聊这个。比如有一年，老陈受了伤，下山不便，他硬是在深山老林里住了半年之久，这就有点神奇并且像世外高人了——他有没有碰到过奇奇怪怪的动物？毒蛇？或者黑熊？

或者——华南虎？

《浙江动物志》中记载，华南虎在本省分布不多。宁波（1875年）和杭州（1880年）两市郊区均曾有猎捕。1952年，丽水郊区曾打死1只成年虎，体重150公斤。

1954年，龙泉曾捉到幼虎2只。此后，衢州（1974年）、开化（1983年）各捕到1只成年虎。至此，华南虎在本省可能已经绝迹。

好吧。

那么，还有黑麂、白颈长尾雉、黑熊、中华鬣羚、蛇雕、仙八色鸫、豹猫、花面狸、豪猪、棘胸蛙、尖吻蝮……我从老陈那里拿到的一本资料上说，古田山国家级自然保护区已调查出的野生动植物资源有：高等植物2062种，珍稀濒危植物32种；动物有两栖爬行类77种、鸟类237种、兽类58种、昆虫1156种。其中国家重点保护动物43种、省重点保护动物46种——但是，好多动物与植物，我们都不认识，也从未发生过关系；不管我们喜不喜欢，这个世界其实也是它们的。

我想起马特·休厄尔在《我们林地里的鸟》里的一段话："树林里的每一棵松树、橡树和榉树都有自己的特色，每一棵树上都有鸟儿居住，每一棵树都是一个复杂的生态系统，为各种各样的动物提供食物、住所和游乐。我们喜欢的那些鸟已经习惯在这个环境下茁壮成长，无论在什么季节。在鸟儿们的陪伴下，漫步于它们的自然栖息地是非常美妙的。鸟儿比我们更喜爱树林。”

秘境之眼

【丛林里总有一些你意想不到的事情在发生。】

我希望上山，看看那些红外相机。我想起塔可夫斯基在《时光中的时光》中的一句话：“一个人必须独处，贴近自然，贴近动物和植物，与之相触相通。”一个人只有在独处时，才更贴近自己的内心；而贴近自然，贴近动植物，其实也正是发现自我、寻找自我的过程。在这一点上，塔可夫斯基说得很有道理。

那些丛林里的相机，对于动物们来说意味着什么？陪伴，抑或是危险？红外相机一只一只挂在原始森林的树干上，它们成为秘境之眼，不动声色地观察着万物生灵。对于人类来说，幸亏有这么一种高级设备，否则对于丛林深处的秘密，一定无法更好地了解。相机挂在树上，如果有动物们经过就被自动激活，记录下眼前的一切。我听说有一个非常有意思的摄影比赛——中国自然保护区红外相机摄影比赛。我觉得有意思之处在于，这样的摄影作品，被摄模特是动物，摄影师也应当是它自己，是它们轻轻走过镜头，搔首弄姿或是气宇轩昂，将生命中最精彩的一瞬展现出来，才诞生了那样的照片。如果镜头是一面镜子，动物们应当知道，当它在看镜头时，镜头也在看它，这是一种双向的注视。

从古田山出来，我径自去了县城，想要找到红外相机数据中心，看一看相机镜头里的故事。这些年的开化小城，越来越像一个“秘境”，这是我心理上的直觉，也并非夸张——这里的自然保护区，许多年来拥有着它独特的神秘气息；在漫长的自然保护的基础上，后来成为“钱江源国家公园”。要知道，这是长三角经济发达地区唯一的试点区；面积也足够广阔，几百平方公里的区域，大片原始低海拔中亚热带常绿阔叶林，各种动植物资源，具有全球意义的科研价值和保护价值，是一座生物的基因库。

2004年12月开始，中科院植物研究所开始在古田山国家级自然保护区建设大样地，正式与古田山合作开展科研工作。也就是从那时候起，很多“科研农民”加入了队伍，协助科学家们做很多工作，其中在森林深处，按照科学家的部署，安装红外相机，及时更换电池并取回数据卡片，就是其中非常重要的任务——按照工作要求，在全域布设269个红外相机，实现生物多样性综合监测和网格化管理。

那些秘境深处的“眼睛”，日夜不停，拍到了数以百万计的图片与视频。其中，就有我国特有的世界珍稀濒危物种、国家一级重点保护野生动物白颈长尾雉、黑麂，国家二级重点保护动物白鹇、黑熊、小灵猫等珍稀保护动物的珍贵镜头。

“有一种喜悦离人群最远，离星空最近”，我很认同这样一句话。有时候人群是危险的。我估计持此种意见的人为数不少。当然，丛林也是充满危险的，甚至可以说是危机四伏。看看《动物世界》就知道，那是一个信奉弱肉强食的丛林法则的地方。如果把你丢到原始森林里去，你能活到第几集？对于这样的问题，我会拒绝回答。

但是这不妨碍我窝在温暖的沙发里，观看这样的纪录片——11月，国家公园的林子里还挂着不少猕猴桃，它们在秋风中散发着成熟和略微发酵的甜蜜香气。一头刚成年的黑熊出现了，它毛色发亮，身形壮硕，大摇大摆地出现在镜头中。它先是观望，然后试探着去摘取果实，发现够不着，最后爬上一棵粗大的灌木，成功地摘到了猕猴桃。

中华鬣羚出现在视线中。这种栖居在森林中的兽类，“属牛科，是亚洲东南部热带、亚热带地区的典型动物之一，主要活动于海拔1000~4400 米针阔混交林、针叶林或多岩石的杂灌林”。这是网上的资料——我在看纪录片的时候，常常会停下来，去查一些资料，这是与普通的消磨时间式的观影不一样的方式，就好像通过镜头去认识一位朋友一样。你看吧，这只鬣羚像一头牛一样咀嚼食物，但它吃得很不安心——这独来独往的隐秘行者，仿佛时刻对世界保持着警惕，它知道尽管丛林中自己的很多天敌猛兽已然消失多年，但它并非可以安枕无忧。这个世界，原来就不存在所谓的安全感，只有不断奔跑，不让自己停下来，才是最大的安全感。

再看看这一家子，这一小片开阔地带，刚好成为它们的游乐之地。这是公猴、母猴和小猴，小猴顽皮贪玩，一开始就蹦蹦跳跳，毫无顾忌；大公猴天生具有戒心，四面观察，很快它就发现了一个类似于眼睛一样的东西在对着它，说不定它还看见了“眼睛”后面的眼睛——它敏感地发现这是被人布设之物。它过来对着“眼睛”试探性观察，撩手，拍打，很快发现没有危险性，但它依然不放心，就企图把相机拆下来。它的动作幅度越来越大，拍打使得相机镜头左右剧烈晃动。但是相机依然牢牢地固定在树

干上。这是一个不具有反抗能力的物体，这也是一个逆来顺受的家伙，而且一声不吭。聪明的公猴很快发现了端倪，它已认定这东西不具有攻击性，对于这场游乐活动也不构成任何威胁，它放心了。它坐下来，开始逗小猴玩耍。看得出来，这是一个美满的家庭。

我看视频看得津津有味。事实上，我知道每一次回收后的存储卡，携带的数据都是海量的。那些储存着森林秘密的小卡片被统一归置到信息中心，然后由专人复制到电脑中，从头到尾一张一张耐心地察看。我很好奇监控调取者的心态，是猎奇呢，还是偷窥？蝴蝶从镜头中飞过，蛇也从镜头前滑过，这些小动物基本上不会引起镜头的特别关注，但是那些身形巨大的野兽，只要从镜头视野里穿过，哪怕穿越动作迅速，停留时间短暂，也会被镜头捕捉下来。坐在监控屏幕前，按下播放按钮的那位小伙伴，他夜以继日，以“快进”或“慢放”的节奏察看着过去几个月里丛林里发生的一切。他必须克服很多事情，比如枯燥无聊，比如腰酸以及眼涩；但是总有一些惊喜在等着他。丛林里总有一些你意想不到的事情在发生。比如弱肉强食，比如危机四伏，比如缓慢流淌的时光，比如突如其来的一场情爱，就这样近在咫尺，发生在镜头前。而你，唯有屏息凝神，看着一切在眼皮子底下发生。

这是一场跨越物种的交流——还有什么比这个更重要的呢？

丛林迷雾

【迷雾以其牛奶一般的视觉效果，为你与树林建立起某种特殊而直接的沟通渠道。】

有线广播依然是山村里的重要媒介。

那些雄踞在电线杆上的高音喇叭，每天三次播送着新闻音乐相声戏曲，许多年老的村民依然靠这种广播判断烧火做饭的时间。

“本台报道（2018年10月31日讯），近日，开化县环保局传来喜讯，该局布在南华山区域的红外线触发相机再次发现黑熊，而且是一头与此前拍摄到的不一样的黑熊。”

黑熊的消息在电线杆上与人们的口头上传播着，很快为人们所知晓。

通过广播在袅袅炊烟里播放的声音，三里八乡的村民都知道了，国家公园是受国家保护的，森林里的黑麂、白颈长尾雉、黑熊、中华鬣羚也都是受国家保护的，谁都动不得。有野猪到玉米地里糟蹋粮食，或者进地里把半大的番薯一夜之间拱个精光，放在以前，村民端把猎枪，或是埋个陷阱，就把野猪给暗算了。现在不行了，猎个野猪野兔，抓条蛇，都得汇报汇报，三思而后行，说不定都是保护动物，动不得的；至于别的，石蛙、娃娃鱼那些，就更是动不得了。

广播里还说："根据动物科学家的初步判断：南华山至少有两头以上的黑熊，很可能存在黑熊种群。此次发现的还有蛇雕、黑麂等多种珍稀野生动物……"

南华山，位于杨林镇霞光村，拥有较大面积的阔叶林区，山中玉韫珠藏，繁多的生物物种，稀有的珍禽奇兽，真是生物的基因库、自然植被的博物馆。

护林员汪树龙以前就是当地的猎户，经过专业的培训后，他成了森林守护者。他知道自己守的是国家宝藏。专业的人，做专业的事，作为昔日的资深猎手，他对于野兽的出行规律可谓了如指掌，所谓虾有虾路，蟹有蟹路，对于野兽行走的线路，他摸得门儿清。他背着几十台红外相机，要把那些东西布控在一棵一棵树上，而是否知晓哪些地方动物们经常出没，决定着事情的成败。采食之地，饮水之地，野兽也多去光顾。而山脊的鞍部，野兽也时常出没，譬如黑熊、豹子等大型野兽，在翻山越岭的时候，为了节省体力，也往往选择山岗坡度更平缓的凹处行走。

汪树龙时常在森林里遇到雾。尤其春季雨水丰沛，气温变化大，雾气更是常见。人在雾中丛林行走，缥缥缈缈，虽然平添几许浪漫意味，更多带来的却是不便，以及神秘气氛。伍尔芙说："人在独处时就会偏爱没有生命的东西：树啦，河流啦，花朵啦，感到它们表达了自己；感到它们变成了自己；感到它们懂得了自己……于是便感到这样一种不可理喻的柔情，就好像在怜惜自己。”人在森林迷雾中，其实就像伍尔芙说的那样，适合回忆，仿佛周遭事物都在提示你要更多去观照自己的内心。

有一次我在古田山采访，下过一阵暴雨后，原始森林里就弥漫起了一层缥缥缈缈的雾。老陈跟小蓝说，你带路，去林间走走吧。森林之中，微雨沁面，山野滋润，空气甘甜，而人声悠远，鸟鸣亦寥廓。我们从工作区域往山里行去，爬山去看一座新建的吊塔，那是科学家们用以登上吊机，悬空到丛林的树冠高处去观察森林的设备，就像一只长长的手臂，可以收放自如。那时浓雾渐起，高塔处在雾气当中，有的地方可见，有的地方却隐去了，一个长长的机械吊篮仿佛从天宫悬挂下来，处在森林的头顶，真像是一个童话世界里的场景。

在雾气弥漫的森林里回忆一下往事——去年九月，我们在日本旅行，到了“松之山”森林学校，其实并不是真的学校，而是一座博物馆。这座森林学校建筑极有特色，是由铁板焊接成的，造型像一座大型潜水艇，还有一个高高的瞭望塔。参观者要穿过黑漆漆的甬道，才能爬到瞭望塔最高的地方，在那里可以望见整座森林。

从瞭望塔里出来，看看还有一点时间，我就一个人跑到森林里去了。当时天空下着毛毛细雨，当我跑进森林之后，发现树林俨然，树根虬突钻出地面，半空中还漂浮着一层薄薄的雾气，雾气之中是秋天的景致，真是太漂亮了，我忙不迭地拍了不少照片。

又过了一会儿，发现远处有一对老人，老妪装扮精致，正执一柄雨伞蹲在地上观察着什么。为了不打扰他们，我只是远远地拍了一张背景，画面沉静优美。那片森林，叫作“美人林”。“美人林”里生长的是山毛榉，树龄约有90年，正是秋天，树叶转黄，真是好看。

还是那一次出行，我们又去了野反湖。野反湖是一座位于群马、长野、新潟三个县境边界的高原

湖泊，四面被海拔2000米以上的群山环绕。车子在山路上一圈一圈绕行，人就沉浸在仿佛梦境一般的大雾中，车窗外所见，不过数米。到得野反湖时，整座湖处在大雾之中，什么都看不到，众人不免有些失望。这个野反湖被人称作“天空之湖”，秋色极美，因湖畔生长着300多种高山植物；我们开了几个小时的车，就为了一睹其容。结果大雾降临，似乎要令一切落空，不由有一些郁闷之情。我们沿着山路小跑，路两侧灌木丛生，依然有一些小花在开放。大概过了十余分钟，只见得远方浓雾被光线劈开，太阳将要出来！果然，不一会儿，暖色的阳光穿透云层，投射在湖面上，波光粼粼，实在太美了。美得令人惊叹——众人欢呼起来，一个个在山路上奔跑，一直跑到湖边去，那一种激动的心情，至今想来，依然是行程之中，最为动人的一幕。

这是深山之中的故事。森林之中的迷雾，能让人体会到什么叫作“森林浴”。迷雾以其牛奶一般的视觉效果，为你与树林建立起某种特殊而直接的沟通渠道。这是全身心的浸入体验，是肉体与树木之间的言说与交流。

而且，这让我想起卡尔维诺笔下的男爵所说的话：

> 许多年以来，我为一些连对我自己都解释不清的理想而活着，但是我做了一件好事情：生活在树上。

怎样叫出那些鸟儿的名字

【把森林当家的人，鸟兽草木也把他当了自家人。】

我去古田山的时候，一路听见各种各样的鸟叫。在保护区的食堂里吃完中饭，刚走出来，对面山林又传来一阵一阵的鸟叫，老陈驻足听了一会儿，说那是杜鹃呢。老陈在古田山自然保护区工作30年，练了一手绝活，保护区内大部分的植物，只要他看一眼，就能立刻分辨出该植物的科、属、种。特别是那些珍稀植物，他甚至都知道长在古田山的哪个位置。

老陈，大名陈声文，园林专业出身，23岁就来到这片广袤的大山了。一开始他是护林员，一晃30年过去，他也成了大家口中的老陈。令人惊讶的是，老陈在大山里真是待得住——那是怎么样的修行？比方说，在古田山海拔650米的山上，有一个防火瞭望台，老陈的任务就是守在那里，观察四周的火情。按照规定，负责看守瞭望台的人，除了雨雪天，其他时间，一刻也不能离开。有一年，老陈不巧出了车祸，右脚膝盖骨折，他是强撑着登上山去的。他腿脚不便，生活不能自理，愣是让妻子关掉了饮食店，一起住到山上去照顾。就这样，两个人，六个月，吃喝拉撒全在山上，直到过了森林防火高危期。这，算不算一种修行？

把森林当家的人，鸟兽草木也把他当了自家人。要不然，你怎么认识一草一木、一鸟一兽呢？——我也问他，老陈你整天在深山老林，不寂寞吗？老陈说，哪里会寂寞，不会的呢，山林也是一个丰富的世界，有那么多植物，那么多鸟兽，那么多微生物，怎么会寂寞呢？——我就无法想象，老陈与自然生物是怎么交流和沟通的。

古田山这块自然保护区，后来成了钱江源国家公园的一部分；古田山的名气越来越大，许多知名的科研机构和院校的科学家、教授，都来到这里。老陈带着他们一起爬山，也跟着他们一起搞研究。比方说，2004年，中科院植物所决定在古田山建一块亚热带常绿阔叶林生态样地，面积24公顷，开展课题研究。这样一个课题，全凭科学家来做，那就不现实，还需要大量当地的护林员、农民参与进来，辅助科研工作。老陈也全程参与了，他用了8个月时间，天天早出晚归，对海拔446米至715米的植物数据进行统计，给159种、14.6万株植物挂牌、定位、确定种类，保质保量，完成样地建设。

就是这样，与植物朝夕相处，日夜相对，老陈把自己活成了森林里的“隐士”。我的脑海中，老陈是“只在此山中，云深不知处”的那位高人。所以我跑去山里找他。我想，这么一个人，他心里该藏着多少山野的秘密呀——哪里有野兽的足迹，哪里有夜鸟的树窝，哪里有毒蛇出没，哪里有古树扎根，老陈心里有张地图。对了，他参与合著的《珍稀濒危树种繁育技术》，还获了浙江省科技进步二等奖，你说，老陈算不算“牛人”呢？

老陈年纪大了，后来就又带了一个“徒弟”陈小南。小南也跟着老陈爬山，辨认植物，在森林里装一个又一个红外相机。红外相机绑在树干上，如果有飞禽走兽经过，就会触动快门，咔嚓一声留下它的踪迹。196个红外相机，均匀地分布在古田山的森林里，如同秘境中的眼睛，无声地记录着生灵们的秘密生活——黑麂、黑熊、小灵猫、野猪……都在相机镜头前“搔首弄姿”过，打架的打架，恋爱的恋爱，就是一部古田山版的《动物世界》。那些红外相机，可以持续工作4个月时间，时间到了，就需要更换存储卡和电池，于是老陈、小南，还有很多科研助手，会上山取卡、换电池。每次拿到那些储存卡，小南都会特别兴奋，因为他不知道那些相机又悄悄记录下了多少秘密。当我想到小南深更半夜，还在加班查看那些资料的时候，就觉得特别有意思，这一幕不禁让我想起一部叫《大佛普拉斯》的电影来。在那部电影中，有人通过监控摄像头看到了很多秘密。

有时候我不由得有点羡慕老陈和小南。一个人，能如此沉迷自己的工作，该是一件多么幸福的事。春天的时候我到古田山去，看到山林里弥漫着如梦如幻的大雾，保护区办公室外的地上长满了苍翠的青苔。在山路上走了很久，也碰不到几个人，人的声音与鸟的声音，都可以传出很远却依然清晰，而山林中的空气，居然是那样清甜的。

我有一位朋友木也，中山大学的老师。她对鸟儿真是热爱。她在大学校园，在树林中，细细聆听每一种鸟儿的鸣叫，观察每一种鸟儿的羽毛，然后深情又灵动地写下每一只鸟儿的性情。然后，还写出了一本书——《飞鸟物语》。在这本书的最后一页，木也引用了保尔·瓦莱里的一句话："像一只鸟儿那样轻，而不是像一根羽毛。"

我的朋友阿乐，是一位拍鸟的高手。他不辞劳苦，在中国大地上东奔西跑，拍摄了大量的鸟类照片。有一次我们在富春江岸边散步，隔着一条江，他都能认出对岸的鸟儿。戴胜，棕背伯劳，丝光椋鸟，我们一边走，他一边叫出那些鸟儿的名字，仿佛随口说出他邻居的名字——我也羡慕他。

现在智能手机很强大，我常用一个软件，对于那些叫不出名字的野花野草，举起手机拍个照，软件就能帮你认出来。鸟类就不行了。我想什么时候，只要举起手机，录一小段鸟儿的鸣叫声，手机就能帮你识别出鸟儿的品种来，那一定很有意思。

老陈送我一本书，《钱江源国家公园鸟类图鉴》，极是精美。钱江源国家公园境内就是一座鸟儿的天堂，此地有野生鸟类238种，最知名的，是白颈长尾雉，它是国家一级重点保护野生动物。此外还有白鹇、勺鸡、赤腹鹰、鸳鸯、斑头鸺鹠、仙八色鸫，等等。晚上，我就一直在翻那本书。小灰山椒鸟、黄鹡鸰、灰鹡鸰、白头翁、领雀嘴鹎、丝光椋鸟、八哥、红嘴蓝鹊。一边翻，一边念，真想把这些鸟儿的名字都背下来——却难以做到。我还觉得遗憾的是，我在古田山里行走，远远地听到那些鸟儿的鸣叫，又要怎么样才能认出它们呢？

我总不能随时随地带着老陈啊——是不是？

红嘴蓝鹊翩翩而过

【我小时从山间走过，亦时常能见到这美丽的长尾巴鸟，不知道确切名字，只觉得好看。而今看见红嘴蓝鹊飞过车前，不禁一愣，仿佛童年昔日重来。】

去钱江源的路上，遇到一只红嘴蓝鹊，拖着长尾，从溪边飞过车前。红嘴蓝鹊生性凶猛，荤素兼食，除吃野果之外，也经常吃小蛇、昆虫，甚至小型鸟类，偶尔，还主动围攻猛禽。进山的一路上，溪边原始次生林极是茂密，郁郁葱葱。红嘴蓝鹊采取翩然之态，在高处树梢之间滑翔，飞越深溪，其长尾漂亮，身形优美，令人忘忧。

据说20世纪80年代末，当地经济落后，唯一出口创汇的办法，就是捕捉红嘴蓝鹊出口日本。一年出口3500对，创汇5万美元。此法一出，人皆捕鸟。为捕捉红嘴蓝鹊，不免误将别的鸟类一并捕猎；或是即便捉住了红嘴蓝鹊，生性暴躁的鸟儿不免又要挣扎冲撞，导致意外伤亡；因此算下来，虽是一年3500对的出口量，却有近半的损耗率，一年当中，红嘴蓝鹊减少不下七八千对。数年之后，红嘴蓝鹊几近绝迹焉。

红嘴蓝鹊，叫声喳喳，从溪边飞过。我小时从山间走过，亦时常能见到这美丽的长尾巴鸟，不知道确切名字，只觉得好看。而今看见红嘴蓝鹊飞过车前，不禁一愣，仿佛童年昔日重来。

所幸，那捕猎创汇之举几年之后被叫停，而红嘴蓝鹊的族群与规模，还是受到重创，至今未能完全恢复元气。好在近年来，这山水之间，山高林密，各种鸟兽颇有复兴之势，山间亦常见长尾巴鸟翩翩而过——真是一个好的迹象。唯忆及30年前承担出口重要任务的红嘴蓝鹊们，若是足够长寿，飘洋过海之后，喳喳声里不知可学会了异国口音？亦不知双双对对身在他乡，是否又留下了后代一二？

击壤歌

【在这样的村庄，如果给我一间屋子，我愿意长久地留下来。】

我在里秧田村住过一夜——算起来也有十多年了吧，以后居然一直没有再去过。那日驱车重访，想看看里秧田是否风景依旧。

里秧田，是在钱塘江的上游，被称作“源头第一村”。源头，必在深山老林之中，其清泉细流从丛林根系之间潺潺而出，悄然流淌，又在巨石幽涧之中飞花漱玉。并没有人料到，这一路奔流下去，队伍能越来越壮大，气势能越奔越昂扬，道路能越走越宽广，风景也能越来越壮阔，以至于大河滔滔，气壮山河，天地之间终于奔流出一个亘古的故事来。

这也是里秧田所没有想到的。

那一年的秋天，我初到里秧田，隐入村庄，就像一只麻雀隐入丛林。我在里秧田的溪边嬉水，濯足，翻小石蟹，看石斑鱼穿梭，自然也没有想到，一衣带水的里秧田，那溪涧中的水，居然可以径直奔入东海。山与海的距离，一下如此切近。

到里秧田时，稀里哗啦，天空落起雨。这是夏天，阵雨带来凉意。车子一直开到景区门口，大树遮天蔽日，我却并没有进入景区一游的计划。这片森林，我从前来过数次，知道后面是层峦叠嶂、云雾变幻，也有古木参天、泉灵瀑美，却不想再去登山。森林深处的莲花尖，整个景区的最高峰，海拔有1136.8米，也是“源起”之处，我去过，想来也不可能再有什么变化吧（千百年前，估计也就是这个样子）。之后折返，往里秧田村庄行去。

跟森林景区的世外之味相比，我偏爱山下村庄的烟火气息。村庄里的人，他们的日常生活，吸引我去探访；而里秧田这个村庄的名字，也契合我的兴趣——可以想象，从前这大山峡谷深处的人家，山多田少，一片水稻田是何等珍贵；他们在山谷之间找出一小块平地来，挥舞锄头清理乱石，筑起土埂，引水沃田，才有了这一小片一小片随着山回路转而弯弯曲曲的稻田来。里秧田，仲春时候，秧田青青，戴斗笠、披蓑衣的人们冒着细雨栽下糯谷，栽下籼稻，牛在田边小憩，这田地里劳作的场景，不由使人想起古老的《击壤歌》：

> 日出而作，
> 日入而息。
> 凿井而饮，
> 耕田而食。

今日的小山村，早因交通与信息技术的变化而与世界连为密不可分的一体，然山里人的生活态度，依然有着令人生羡的恬淡。

小村庄安静。安静极了。我信步走着，按照记忆中依稀的印记辨认着农家乐的模样。在靠近路边的一个屋檐下，我几乎就凭着直觉确定，这是十几年前住过一夜的那家了。然而又不敢断定，因为眼前这座房子是高大崭新的楼房，记忆里，仿佛是一座老房子呢。

正犹豫间，一位老妇人迎出来，问我们是不是要吃饭。我对她已经毫无印象。我指了指房子……好了，我知道了，这是几年前重新翻建的房子，我在那个夜晚吃过腊肉炒辣椒，并且喝了两碗杨梅酒，沐浴凉凉晚风的屋檐，正是这个位置。每个人的生活都在发生变化，包括这整个村庄，也变得越来越好；而她比以前老了一些，毕竟十几年过去了，但这没有什么，我不也比从前老了十几岁吗？我们都已经不记得对方了。

我进屋，坐下来喝茶聊天。家里墙壁上的营业执照，写着她的名字。这也让她很有些自豪，看起来对于这个农家乐，她可算是名副其实的当家人。据我所知，当年里秧田村开办起第一家农家乐，也是在2003年左右，在那之前，大多数村民不过是忙些地里或山上的事情，从山里刨食；而山里妇人，实在也没有什么谋生之道，无非是操持家务，或者狠下心来，外出务工，进工厂干活，或是做保姆。而好在里秧田村占据着“钱江源头第一村”的地理位置，越来越多的城里人顺着弯弯绕绕的山路，到这里爬山、看水，爬山看水累了就想要找一个人家坐下来喝茶、吃饭，或者住宿。这样的客人越来越多，村里人就办起了农家乐，两三年之间就有了十几家，这个峡谷深涧里的小山村，也因此变得不一样，变得生机勃勃起来；而山里人的脸上，也有了更多的自信与活力。

妇人指了指村庄，说现在开农家乐的可多了，几乎每一家都是；外面的客人来了，随时都可以吃上饭，也能住下来。我看到妇人把野笋干、山蘑菇、野蜂蜜、溪鱼干整齐地摆好，一袋一袋很清爽的样子。野笋干是山上的，蘑菇也是山上采的，溪鱼是河里捉的，还有蜂蜜——都是野的东西，大城市的人，见了这些野的东西眼睛就会发亮。这些东西哪里轻易就能买到？也唯有在这大山里，山人会把它们捧出来。

买了一包溪鱼干、一包蘑菇和笋干，还有一罐蜂蜜。蜂蜜可以调杨梅酒。我不记得上次在他们家，是不是喝过蜂蜜调的杨梅酒。只记得，酒后夜深，信步走到一座桥上，看见满天星斗，感到晚风缓缓吹来，还听见蛙声，在雄浑地响着。

在这样的村庄，如果给我一间屋子，我愿意长久地留下来——像世世代代生活在这里的村民一样。我认真地想了想，应该是一个不错的选择。人们总是向往着远方，或许出了这深山峡谷，能挣到更多的钱，但说到幸福度，还真的不一定会更高。在这山里，日子缓慢悠长，脚步不急不躁，也是美好生活的一种。

告别妇人，车子在弯弯绕绕的山路上行驶，很

是惬意；雨后山色，也更添了一分青翠。偶有小小开阔处，瞥见那不远处的稻田，有村民俯下腰身在田间劳作，不知道是在治虫还是除草，那躬身的样子，也有一种恬淡的情趣。与城市的谋食相比，这日出而作、日落而息，耕田而食、击壤而歌的日常，终究也更使人悠然自得吧。毕竟，乡间的生活，是至为久远的。

与七百万个兄弟同行

【所到之处，花就开了。】

从张湾出来，车窗外掠过连绵不断的金黄色。这是油菜花烂漫的时节。忽而见到花丛之中，似乎有搭起的帐篷，还有人影在帐篷旁边忙碌，我猜是养蜂人了。遂好奇心起，踩了刹车，往回倒车。

在山里行走，这是一种自由，想走就走，想停就停；想开倒车，就开倒车，好像随时可以让时间重来。

养蜂人正指挥着一群蜂，在花丛中——也不知道在忙些什么。我走过去，一条狗就吠起来，吓了我一跳，好在狗是用链子拴着的。听到狗吠，一会儿就有妇人从帐篷一侧走出来，叫着那狗的名字，于是狗就安静下来。

果真是一对养蜂的夫妇。男人正打开蜂箱，小心地观察每块板子上的蜂群。蜂子密密麻麻。他有一百三十箱蜜蜂。但最近两个月老下雨，不利于蜂子的繁殖。蜂子若是繁殖多了，箱子总量不增加，他会在箱子里增加蜂片。

我问他，一箱蜂有多少只蜂子？

他说，现在有五六万只。

他拿着一把剪刀，说是给蜂王剪翅膀。蜂子多了，蜂王一跑，整箱跟着跑。把蜂王翅膀剪了，它们就跑不远了。

我对于养蜂所知甚少。我只知道养蜂人辛苦，一年当中，天南海北，跟着花期跑。我在纪录片中看到一些养蜂的故事。比如在云南哀牢山和无量山脉的深山老林，哈尼人怎样去收服大树上的一窝野白脚蜂，或者怎样把一群野蜂留在家里。这让我很感兴趣，觉得人与蜜蜂，有一种奇妙的关系，而且是久远的关系。这种关系，不知道延续了多少年。

这位养蜂人看起来年轻，一问，居然五十多岁。他说，再干几年，到了六十岁，挑不动蜂箱子时，也就不干了。养蜂这件事，年轻人不愿干，年纪大的人干不了。也是，终年的风里雨里，奔波流浪，的确是辛苦营生。

他的父亲，从前也是养蜂人，后来老了，家业传给了他。在全国各地，他重走父亲的线路，也会遇到很多新的养蜂人，如今是四川的蜂人最多，眉山的，苏东坡的老家；云南的也多。浙江江山的那一批养蜂人，起步早，如今都老了，群体在减少。或者，也因为生活条件好了，很多人便不再继续操持此业。

说起来，一年当中，这段时间算是清闲一些，可以在南方待上两三个月。南方的油菜花令人沉醉。油菜花开遍之后，他们的迁徙之旅随即开始，这是一条漫长的线路：

浙江开化——江西婺源——江苏——河南——陕西延安、榆林——山西——内蒙古——南方……

与此相对应的，则是各地不同时间开放的花朵：

油菜花——油菜花——油菜花——洋槐——洋槐——枣花、荆条花——油菜花、葵花——五味子、椴树花……

这是他们夫妇俩的线路——花开之路。

或许用一句话来形容他们的旅程也并无不可——所到之处，花就开了。

现实的情况，也许并没有那么浪漫。通常他们会雇一辆大货车，把全副家当拉上，几百公里、几千公里地走，跟着节气走，跟着阳光雨露走，跟着花期走。每到一个合适的地方，他们就会停留下来，安营扎寨，待上十几天，顶多，二十来天。

越往北走，生活越不方便，尤其是有些干旱的地方，生活用水也不方便。他们会找一辆三轮车，用塑料桶去几公里远的地方买水，一桶水五块钱。

但是北方的蜜好——老吃蜂蜜的人，就会知道。

南方潮湿，雨季长，花蜜里的水分就大一些。而北方干燥，北方植物的花也是蔫耷耷的。花色虽不鲜艳，蜜却是好的，至少，比南方的蜜好。

这是养蜂人透露给我的秘密。他说你要买蜜的话，一定不要在超市里买，如果能找到养蜂人，直接跟他买蜜，八成不会有假货。其次是，尽量买北方花朵的蜜，比如洋槐蜜、枣花蜜，还有椴树花蜜，也是好的。

这是生活里的秘诀——我经常会有意外收获，全赖于我时常会与各种各样、各行各业的人闲聊。比方说，有一次我去临安，自己开车在大山里走，路边有妇人招手拦车，我便带她一程。结果，她告诉我山里野笋干的秘密，野笋干要怎么样做出来才好吃。再比方说，有一次，还是养蜂人——我到安徽，去深山老林里的燕子河，李师傅到火车站接我。李师傅江湖跑得多，见多识广，一路上山环水绕的同时，他就跟我闲聊。他说上午出山时，他在路边找了一家养蜂人，买了一些新鲜的槐花蜜。他还说，最好的蜜，必定是在这大山里，在这大别山里。这里有什么污染源没有？这里有雾霾没有？自然是没有的了。这里，只有鸟鸣，水流，蛙跳，蝶舞；只有云的流动，水的歌唱，树的呼吸，草的呢喃。所以，这大山里出的蜂蜜，就是大自然的东西，是大自然的蜜蜂从大自然的花朵里采集和酿造的，一定是好的。

想到这里，我的味蕾上也洋溢着甜意了。我也要跟养蜂人买一点蜂蜜。一年要奔袭八千公里的养蜂人，把他一路上和蜜蜂一起采集的好东西分享给我，这是多么叫人感到快乐的事。

我知道，养蜂人风里雨里，一年奔袭八千公里；一只蜜蜂，也同样奔袭在它的旅途中。蜜蜂的每一次外出，大约能采蜜75毫克，储存在它的蜜囊里，而为了装满蜜囊，它需要在1500多枚花朵上飞行与驻足——也就是说，十万枚花朵上的旅行，才能酿出一丁点珍贵的蜜呀。而我，不劳而获，与这些花朵上的旅行家分享它的行程，分享它所经历的每一次阳光雨露、每一个寒暑晨昏，我，是不是特别荣幸？

我在养蜂人的帐篷外坐下来。我其实是坐在一片油菜花田的中间。我和养蜂人缓慢地聊天，蜜蜂在我们的周边嗡嗡飞舞。养蜂人清理蜂箱，观察状况，他的动作是缓慢的，他说话的节奏也是缓慢的，仿佛世上本没有太多可以着急的事情。

现在，我要总结那一天的故事了——我要说，那是养蜂人一次难得的心得分享——关于他的旅行，一路上遇到的危险，陌生人的帮助与温暖，以及关于花香与鸟叫，遇到的冰雹，或是突然降临的西伯利亚寒流，还有高速公路，绿色通道，辽阔的大地，车在路上开啊开，开了半天也遇不到一个人的寂静……

“但是这一路上，两个人，我们都不会觉得孤独，”——他继续说，“因为同行的还有一整支队伍，那儿有七百万个兄弟。”

莲花尖的一滴水

【一滴水落下来，整个山谷为之一震。】

1

曾在一个夏日黄昏，在马金溪边见到晚霞。在短暂的一刻钟里，天色绛紫绯红，层云尽染半边天，而瑰丽的云彩之外，天空又是纯净的湛蓝；这湛蓝的天空衬托出来的绛紫绯红层云尽染，全部倒映在马金溪一江清水里，水中有舟子轻轻划过，漾起的涟漪一圈一圈晕开，摇碎了云霞；溪边有人浣衣，我与友人在水边闲坐，面对此等澄澈的景色，一时竟有些发怔，不知如何是好。

马金溪，开化境内最大的河流，为衢江的上游，也是钱塘江的源头之一。

关于钱塘江的源头，古书有载。《汉书·地理志》提出“水出丹阳黟县南蛮中”。《后汉书·地理志》又提出“浙江出歙县”。北魏郦道元在《水经注》中，肯定了《汉书》的说法。以上说法，都认为徽州境内的新安江上游，是钱塘江的源头。这是钱塘江“北源”说。

20世纪30年代，地理工作者实地考察后，认为钱塘江发源于浙江、安徽、江西三省交界的开化县马金溪。这就是钱塘江“南源”说。

至50年代，电力工业部上海水力发电设计院和浙江省水利厅勘测设计院联合组织的钱塘江查勘队，对钱塘江进行流域性的水利土地资源查勘，认为钱塘江源出于浙皖赣三省交界处的莲花尖。

2010年9月，浙江省测绘与地理信息局发布了《浙江省测绘与地理信息局关于启用浙江省主要河流长度、流域面积、主要湖泊面积数据的公告》。在该公告中，钱塘江以北源新安江起算，河长588.73公里；以南源衢江上游马金溪起算，河长522.22公里。

走进浙江母亲河钱塘江的源头——钱江源国家森林公园，便觉得进入了植物与丛林的王国。那里有原始状态的大片天然次生林，山高林密，古树参天，生物物种极其丰富，起源古老，区系成分独特，又被称为华东地区重要的生态屏障之一。

钱江源内，峡谷幽深，溪水长流。抬眼皆是翠绿的树木，低头便是碧绿的潭水。峡谷的末端是一瀑布，号称“江南第一大飞瀑”，瀑布落差达125米，人在远处，可以感觉飞瀑之水纷纷扬扬；人在近处，则可闻飞瀑之声轰鸣。

钱江源景区林深丛密，犹觉山水毓秀。

2

水到尽头，是一滴。

那一滴水，或许就藏在钱江源头海拔1136.8米的莲花尖的草木丛中，你用手去拨一拨，那滴水就落了下来。一滴水落下来，整个山谷为之一震。一滴水汇聚另一滴水，再汇聚另一滴水，就汇成了涓涓细流，就汇成了一脉清流，就汇成了一溪清水，然后是马金溪，流经一个又一个村庄，转过一座又一座山脚，一片又一片田畦，然后一路呼朋唤友，奔流不息。

钱江源头的第一脉清流，流经一个叫里秧田的村庄。

这个村庄人家不多，稀稀落落地散布在山坡上，散落在田地与草木间。如果你愿意，可以在这个村庄住一宿，然后一早在太阳出来之前起床，可以看见山上的云海，看到雾气怎么凝结成水珠，那一粒水珠怎么停栖在草叶尖上，草叶尖上的一滴水如何轰然坠落，并在你看不见的地方汇聚出一脉水流来。

同时，在里秧田的山道上走一走，可以听见溪流的呢喃，听见鸟的啼唱和虫的鸣叫，听见母鸡带

出整窝小鸡咯咯咯地步入林中。

这个时候，白色的炊烟就会在屋顶袅袅而上，带出米饭的清香，在村庄的上空飘荡。

就用溪里的水煮它一壶，沏一杯鲜嫩的开化龙顶。这溪里的水，钱江源头的水，就和你结为一体了，你甚至可以品出那滴水里的草木滋味。

品着这样一杯茶，你的心，就可以随着那奔流的溪水一路而去了。

源远流长两水来，条条素练劈分开。
渔翁各岸垂丝钓，行客同舟唤日催。
夜浸银蟾双影落，风翻金柳夹堤栽。
古来遗渡通衢道，津济溪头德广哉。

这是宋代诗人华锦文的《马金双溪古渡》。

从钱江源，到马金溪，这一路下去，都是开化的精神血脉。我曾在一篇文章里写过："在开化，最值得自豪的就是它的水。清，净，纯，甘，野，幽。"

清，净，纯，甘，野，幽——这六个字，是开化之水最迷人的特质，同时也是开化最迷人的特质。

3

李渔从开化到常山，是坐着船，沿着马金溪，一路顺水而下的。

“解缆开帆信急湍，浪花飞作雨声寒”，水流甚疾，速度挺快。早春二月，乍暖还寒，李渔坐在舟中怕有些清冷吧？舟子外面，水急，滩险，颇有些惊心动魄。“金溪一滴篙头水，题到常山砚未干”，说话间，这就到常山了啊。

李渔是个妙人。他游山玩水，乐于闲情逸事、吹拉弹唱。李渔家住在兰溪夏李村，游埠溪从村边流过，乘舟十几里，就可到繁华的游埠镇码头，再溯衢江而上约百里，便可以到达衢州府西安县。

水路方便，李渔经常往返衢州。所以你看，他写了《自常山抵开化道中即事六首》，又写《自开化抵常山舟中即事六首》。这就是李渔的旅行手账呀——一个哼唱着曲子无所事事的人，他在心里写出人间的悲欢，又用日记记下从马金溪到常山江这细碎的日常。

4

里尔克说——

> 我们与花、果、葡萄叶结伴同行。
> 它们说出的不仅是岁月的语言。

莲花尖的一滴水，会在经历漫长的奔袭之后，在农历八月十八的钱江入海口，涌起排山倒海的惊涛，卷起雪堆一样的浪花。

这一滴水，千百年来与我们一路同行，逆流而上，或者顺流而下。

Chapter 4

只向美好的事物低头

我所谓的纯真，是我们纯然沉浸在某一样东西的时候，精神上的忘我状态。此时心灵既开放而又全然专注。

——【美】安妮·迪拉德

吃茶记

【一股山野气，一股流泉气，一股烟岚气，自茶香里缓缓溢出，在舌上漫漶开来。】

1

从旅店出来，沿着公园的游步道，贴着山脚溯流而上。一路散步前行，左手山野，右手碧水。木槿在坡上开着花，醉鱼草一咕嘟一咕嘟地垂挂着花朵；一江的碧水，因了下游不远处一条大坝，截出一个江湾来，那么宽阔，那么幽蓝。这样的一条江，横亘在小县城外，碧玉一样，使小城平添了一股灵秀的气质。

我漫不经心地朝前走着，一边想事，一边顺道欣赏美景。想起莫泊桑有好几个短篇小说，篇名都是《在途中》，有的写火车上乘客们的微小细节。作家有双慧眼，笔墨开掘出相当有趣而丰富的故事。每次出行，我也很希望能跟小说里一样，在路上遇到一些有趣的人与事。然而，至少这个下午，看起来平淡得出奇——小路上半天也没有遇到一个行人，只有夏蝉在高枝上有气无力地嘶鸣。

过了许久，额上有了些细汗，身后传来车轮的细碎声响。我扭头看时，发现一位老人，驾了一辆低矮的三轮电瓶车，正往这边驶来。小路实在有些狭窄，两旁野草丛生，好在这电瓶车也不宽，勉勉强强，恰好可以通过。交错而过时，我尽力侧身往边上让了让，为三轮车留出一条道来。长者朝我微笑颔首，我亦以微笑回之。见车上有不少的塑料桶，我好奇心起，便问一句：您这是去哪儿呀？

老人答：去取水。

我更加好奇：去哪里取水？

就在前面，一会儿就到！

老人说话中气很足，电瓶车则继续朝前缓缓行进。

等我前行十余分钟，果然又遇到了老人，他正躬身候在一个山边池子前接水。池子是水泥砌成的，有些简陋，山边上有管子，将泉水引进池中，池子下方，又有一个出水口，将涓涓细流送出，叮叮咚咚地落进老人的水桶中。

我便与老人攀谈起来。这才知道，这眼山泉水，十几年前就有了，许多人每天都来此取水，也成了小城人特别尊崇的取水点。多的时候，一天二三百个人。

然而，我更好奇的是，在这座山城，无处不有水，估计随便哪里打个井下去，都是最好的清泉。何况，此地又是钱塘江的最上游，山野清纯，连空气都是甜津津的，即便山边的这一条江，我敢打赌，你随便舀一瓢水来，都是值得骄傲的甘泉。

那么，为什么还要专程来这里，接一口水呢？

老人神秘地笑笑，说，这泉水，就是不一样，你呀，要喝了才知道。

我蹲下身去，洗洗手，那水果然清凉，忍不住又合掌接了一捧，饮了一口，又饮了一口，果然，很是甘冽。

老人说，我说的没错吧？这个水，用来泡茶，味道就不一样。

见我双手空空，老人说，干脆，这个水桶送你了，你也接一桶吧！

2

这个下午变得有点不一样了——我拎着一桶水，去敲老文的门。老文好些年前，也在外地工作，做着朝九晚五的上班族。不知道什么时候，屁股拍拍，说是回老家过小日子。他回到小城来，安家，带娃，偶尔组个小局，跟朋友们天南海北去游荡，更多时候，则龟缩在小城，钓钓鱼，喝喝茶，做做小生意。

老文看见我就站起来：什么风把你给吹来了？

我朝他晃了晃水桶，说：烧水，泡茶。

天气热起来，这一桶水足有十来斤，我走了十几分钟，早已满头大汗。

水倒进电水壶，按下开关，不一会儿就哗啦啦滚了，冒出白雾。老文拿出一包茶叶，牛皮纸一层层打开，闻了闻，又递给我：这是今年的春茶，先喝一杯解解暑？

我对喝茶没什么讲究，各种茶也都喝一些，并不偏执于哪一种，因此对于老文的提议，我也不反对。老文用竹匙舀出一匙茶叶，投进玻璃杯中；又舀一匙，抖了抖，抖落一半，把另一半也投进玻璃杯中。再提壶泡茶。壶口出水细细一柱，并不猛注下去，而是注入四分之一的滚水，歇了水壶，拿起杯子轻轻摇晃。此时绿茶被滚水一冲，仿佛一个激灵，立即来了精神。就好像，春日山头又一场雨来，唤醒了茶叶的记忆。这时候，茶叶苏醒过来，舒展开来。老文轻轻晃动杯子，细细赏玩，然后歇下杯子，再提壶，注水，这一次，方才将水注到七分满。

一叶叶绿茶在水中飘浮，很快在水面一根根竖立起来，旋转，亭亭玉立，如同芭蕾舞演员踮起脚尖，翩翩起舞。又一会儿，芽叶缓缓降落，竖立杯底，其嫩绿之色，茂盛之状，如同杯中藏着一座森林。

我眼见着这杯中景象，不知不觉已收敛了额上的汗，只觉得燥热尽去，心静如茶。端起杯子，见茶汤清绿，茶叶鲜绿，实在可喜。吃一口茶，一股茶香在舌上散开——怎么说呢，茶水不仅甘甜、清洌，更有一股山野气，一股流泉气，一股烟岚气，自茶香里缓缓溢出，在舌上漫漶开来。

好茶！

我不禁击赏。

老文见状，也端起他的那一杯，不紧不慢地朝杯中吹气，许是怕烫嘴吧——再小小地饮了一口，噙在口中半天。唔——这才咽下去——你这是，龙潭大坝上游，那眼泉水接的吧？

这都能吃出来？！

老文哈哈一笑说：茶好，当然更要水好。

3

晚上，在老文处继续喝茶，喝了绿茶喝红茶，喝了红茶喝普洱，茶喝多了，竟有些飘飘然。遂早早回旅店读书歇息。老文提醒：明天一早，可以去吃个早饭——山城的早饭，可不要错过。

老文的话，要听。

第二天一早起来，稍事洗漱，便出门觅食。骑一辆共享电动车，按照手机上的导航直奔目的地去了。

“钱江源第一糕”。

好大的口气！在小城，好吃的就那几样。最好吃的是什么，一定有气糕。你看这么一个早餐店，挂出的招牌居然是“钱江源第一糕”，别人家不会有意见吗？然而我没想到吃个早饭都得排队，人真多！老板忙得溜溜转——不愧是第一糕呀。

有一桌客人，一男一女，也在吃气糕。

男的说，这是“东方披萨”。

女的扑哧一笑。

男的说，是真的，当年马可·波罗来这里，看到小城人这样做饼，觉得太有智慧了。马可·波罗是什么人？走南闯北，见多识广，什么煎饼卷大葱、羊肉泡馍、生煎包子，他都是见过的，不过尔尔；到了这里一看，哟嗬，这东西新鲜，什么肉呀菜呀，直接往上一撒，再来一把葱花，一把辣椒，又好看又好吃。东方的智慧！人民的创造！马可先生不禁这样称赞。后来，马可先生回到了意大利，把这项技艺传到佛罗伦萨——于是，这才有了披萨。

哈哈哈！两桌人听得大笑。

我招呼老板，来两笼披萨！喊出口了，才发现已被带偏。忙改口，两笼气糕！一笼豇豆的，一笼豆腐干肉丝的。又叫，老板，豆腐干肉丝的，能不能帮我煎一下？

这一顿，吃得真过瘾。

很快，那一男一女吃完，男的起身招呼：老板，帮忙打个包，十笼气糕，带杭州去。

口气真大，一出手就是十笼。

怪不得老板忙得顾不上微笑了。

就这家早餐店，一早要做二三十笼气糕直送衢州府，又要做几十笼直送杭州城。看来，“钱江源第一糕”不是虚名。

君住钱江头，我住钱江尾，日日思糕不见糕，共饮一江水。为什么只有这上游的开化常山才有气糕呢？怪就怪在，据说出了这个地域，就做不出气糕来了。

同一个师傅，到了杭州，也做不出像样的气糕来。你不服都不行。秘密就在于，水不一样了。

4

吃完早餐，老文的微信又来了——吃过早饭，请来吃茶。

还吃茶？

——仍旧去了。刚坐下，水壶里的水就滚了。老文说，吃杯龙顶，消消食。

我吃了一口，又吃一口。老文问，觉得怎么样？

我说，和昨天的一样啊。

老文说，不错，你也吃出门道了——我今天一大早，也去接水了，十壶！这五壶呢，你放后备箱，拿杭州去。喏，这包茶叶，你也拿去喝。好马配好鞍，好水泡好茶。

我说，老文，要不这样，气糕，也帮我打包几笼？

菖蒲记

【人的静气，还是各自修炼出来的吧，至于是身在山林寺庙，还是街巷市井，倒不是那样的重要了。】

听说这山里，有一座寺院，很有名？

我问了几个人，大家都有些茫然。我想，这也许是对的，很多小地方的事物并不一定在周边有什么大的声响，却往往，声传千里之外；还有的小地方，看起来小，真走进去，又会发现另一个大的世界。

那个寺院的名字，我都记不起来了。

是有些偶然的，十多年前与朋友一起，开着车，在山里转悠。也是这样的秋天，秋高意远的样子，层林尽染的时光，我们从一个村庄到另一个村庄，从一座山到另一座山，有时停下来拍照，有时坐下来喝茶，有时在溪边濯足，有时在林间觅果。有天转过一个山脚，透过树林，远远见到一个身着衲衣的人在小道上行走。又转了一道弯，人就看不见了。再转过一道弯，我们停了车，去四面走走，果然见到山谷之间，露出寺院一角，顿时好奇起来，遂登门拜访。那时有一位年轻僧人出来接待，谈吐识见皆不俗，身上有一种令人向往的静气，如秋日里的老树一样沉静。

和他站在那里，谈了一会儿天。似乎说到，常有上海、杭州或哪里的人，专程来此寺院小住，住上三天五天，与僧人同吃同住，同做功课，凌晨四时即起，夜里早早睡去，作息实在是有规律得很。这乡野间的宁静，大约又是别处所无。与他谈天，言语之间，亦并不生分。而且我还依稀有些印象，说是大明星某某，也是偶尔来此小住，没有任何随从，独自一人脱下一身浮华，深居而简出，这是山林之间的妙处。

那时我就想，要怎么样的人，才可以领略这种山林间的妙处呢？而从那时起，我便觉得，这样一个地方，是一个别样的所在，有一种气场，当是一个可以修心之处。我那时已然生了一念：以后要有机缘，也要来这里住上几夜。当时是有什么缘由，如今却已经记不清楚了。

几年过去，当我重新在山里转来转去，却始终没有再遇到那座寺院。我也不知道所在何处。问人，也都说不太清楚。想起来，那一次离开，车在路上开了很久，边上有一条清浅的溪流，溪流潺湲处长满一丛丛的菖蒲，依然是碧青蓬勃的样子；平缓处的水潭中，映出秋天高远的天空与白云。

有次在杭州的永福禅寺月真大和尚处喝茶。永福寺真是个好地方，古木参天，苍苔遍地。月真法师给我们泡茶，他的窗外，是一幅远山湖影的长卷，整面西湖像一勺水。室内悬挂“点雪”二字，更添些许静气。

永福寺，位于灵隐之西，约一华里处的石笋峰下，自东晋慧理禅师开山至今，已有1600多年的历史。灵隐寺在前，巍峨雄伟，每到假日则游客摩肩，人声鼎沸，颇显喧闹。相比之下，永福寺藏于幽竹深林之间，多了几分深远与清幽，是一个静谧的去处。几年前，朋友带我在永福寺的福泉茶院喝茶，就被它的清幽打动，后来好几次，在不同的天气寻去喝茶，觉得四时皆美。

永福寺来历不凡，当年曾是皇室私用的寺庙。今日沿着山势缓缓穿行在小道上，脚下踩着石阶，耳畔有松涛林声，不再有昔日的威严敬畏之感，却有一种亲近与安宁。为我等引路的小师父高大清秀，他推开院门时，木门发出"嘎吱"一声长响，衬出寺院令人讶异的寂静，不禁叫众人肃然起敬。"好久没有听见这样的木门响了……"有人央请小师父再推一次门，以便重新聆听一下这充满禅意的声响。

这座永福寺，是月真法师于2003年主持重建的——永福寺从清末起，废弃为一片荒芜废墟——

用了两年多时间，才重建完成。整座寺庙没有采用传统寺庙的中轴建制，而是以一种充满禅意的不对称方式，依山而建，山即是寺，寺即是山，山与寺浑然一体，甫一亮相，竟被媒体称作“中国最美寺庙”。

2006年，月真法师又主持了永福寺北高峰上韬光寺的重建。与此同时，他开始致力收集400年前东渡的那些高僧在日本留下的遗墨，自己也潜心习字，多年以后，他的字被许多专家赞赏。我们穿过茶室，到达月真法师常用的书房，书桌上摊着大幅的宣纸，墨香氤氲，还散落着一些习作。前不久，在英国的剑桥大学国王学院，举办了“禅灯默照”月真法师墨迹展。法师的字，“有一种可贵的轻松和飘逸”，一种“无拘无束无羁无绊”的舒展心怀。

我展开一个展览册子，即看到一幅字：“着衣吃饭随丰俭。”甚是欢喜。

月真法师说：“写字，对我来说也是作为生活的一部分，我兴至而书，兴尽而止，你若把心静下来，那么就跟道无二无别了。”

微雨天气，在永福寺周边山路漫步，山林氤氲，偶尔还能见到僧人戴着竹笠，在山道上独自行走。永福寺山门之外也有溪流，竹木掩映之中，菖蒲在水边长得寂然世外。

去山里的路上，带了一本闲书《如花在野》，作者田中昭光，是潜心花道50年的古美术店主。那间名为“友明堂”的小店，开在日本古都奈良的春日大社对面。到奈良的旅客，常常会慕名找去友明堂，不为买古董，只为品一口店主亲手打的抹茶，赏一赏主人亲手采来、搭配古器的野花。

不知道怎么的，我在欣赏那些花道的图片时，脑海中不时浮现出在永福寺喝茶的情景：由月真法师亲手倒进公道杯里的茶汤，递过来时，逐一为众人添加，因为人多的关系，总也不够分。而那个时刻，我却分神，觉得窗外的绿色都拥进室内，茶席之上也有一种原始而古朴的自然力量。茶汤多与少，都没有关系，这喝茶的氛围，与“如花在野”的感觉，契合如一。

这本书里，有我最喜欢的一部分，“无法庵往昔物语”。“无法庵”是田中先生的雅号，这一辑里是他对往事的追忆，也是花事记录，诸如昔日茶事、赏月之会、旧友往来，以及与家人、文友、茶客、刀剑客、僧人等旧雨新知的往来交集，文字清淡拙朴，有一种禅意在焉。读这样的文字，真有在寺中闲坐与喝茶的感觉。

其中有一件花道作品，用的花材是菖蒲的长长叶子，配赤肌窑的陶器，有一种清逸的气象。在开化的山里行走，时常可以发现溪涧中有大片的菖蒲生长，我以前在城市的家中阳台养过菖蒲，极是难养，大概是因为无法承接天然雨露的关系。而这山溪中的菖蒲，一丛丛，一片片，在溪流中长得那样充满野趣和生命力。

车轮滚滚，眼前就经过一个村庄，叫作“菖蒲村”。我很好奇，下车去问，村民说这里原先叫菖蒲乡，现在改叫了林山乡，而村庄名依旧。盖因从前这里菖蒲遍地吧。这使我想到，这山野之间的地名，每一个都很好听，既素朴，又有意味，比如说：木杓背，坑下村，霞村，十八垄，诧下江，田后村，花桥村，殿边，詹村。有着这样好听的名字的小村庄，无一例外，都有一种静气在。

还有菖蒲村——菖蒲的村庄，这是真正的“如花在野”。

后来我又找朋友要了一本开化当地的文史资料集子，想要查一查寺庙的名字。天童寺，位于马金镇天童山；普照寺，在璜田村，初为余氏家庙，后因战乱或自然灾害，庙宇逐渐衰败，直到清末修缮，重塑佛像；灵山禅寺，位于县城卧佛山东麓，宋代始建，距今约有1000年了；再有，太平古寺、华严古刹、云门寺，等等。

看来看去，愈加弄不清楚当年低头抬头间遇到的那座寺院，到底叫什么名字。都像，又似乎没有一个能对得上。到底是记忆出现了偏差，还是纯然出于一场幻境？索性合了书本，不再去找那脑海中的寺院了。说不定，正因了想象与记忆的营造和过滤，

那个小小的地方更添了很多世外丛林之意味。

其实，哪个中国人心里，没有藏着一个隐居桃源的梦想？

写着这篇文章时，一本精美的小书《我有蒲草》飞抵案头，整本书都是写菖蒲的，洋溢着“和、敬、清、寂”的菖蒲的气息——我以为，菖蒲的气息与茶的气息，是相通的。很多文人把菖蒲移种案头，终日相对，仿佛面对的是辽阔幽深的山水。八大山人有《题竹石孤鸟图》一诗：

朝来暑气清，疏雨过檐楹。
径竹欹斜处，山禽一两声。
闲情聊自适，幽事与谁评？
几上玲珑石，青蒲细细生。

正咂摸其诗中意味，看到作家朋友林渊液在朋友圈中提到一部小说《和尚》，使我想到汪曾祺先生的小说《受戒》，想起《受戒》里的小英子与明子，想起芦花荡。“芦花才吐新穗。紫灰色的芦穗，发着银光，软软的，滑溜溜的，像一串丝线。有的地方结了蒲棒，通红的，像一枝一枝小蜡烛。”汪先生的文字，也真是清寂极了。

细细小小的菖蒲生在山间，到了秋天，也结一种小小的蒲棒。我的朋友之中，也多如菖蒲一样富有静气的人。我想，人的静气，还是各自修炼出来的吧，至于是身在山林寺庙，还是街巷市井，倒不是那样的重要了。

梨花记

【这个时候，蓑衣上的春雨开始成串地滑落。你从屋角转身走来，梨花一枝一枝，次第开放。】

1

晚间读书，随手翻到《唐寅集》里一篇《秋庭记》，正应合这个时节。窗外夜凉，小雨。“四时之序，代谢相因，而摇落凄楚者，惟秋则然。”

唐寅是怀了一腔悲秋的情绪。他说，“善于保养之君子”，在这个时节是不出门的，只是深宫端居，以养心神。黄菊满篱，青山半窗，可以心满意足。

唐寅这个人，喜欢春天，大概在春天可以摘了桃花换酒钱。我却喜欢在秋天出门。银杏叶子满地金，好看；秋山红遍，层林尽染，也好看。我曾一个人在深秋出远门，跑到九寨沟去，在萧瑟的秋风里，看芦苇在碧水边飘摇，独坐很久。

2

丙申秋日，我出远门，到了浙西一个叫高田坑的村庄。那里偏远极了。海拔一千米，不算太高；田却稀罕得很：一撩一撩，如笔墨撩开的笔触，层层展开在悬崖边上。如此种田，何其艰辛。

高田坑的半山腰上，有茅亭一间，山下可见黑瓦一片。层层叠叠的黑瓦边上，一株梨树兀自伸出。

这深秋的梨树，没有一片树叶，只余老树与颓枝。

3

二禾君，我想告诉你，在这个高山里的村庄，以其闭塞，尚留存着那么完整的夯土墙与黄泥屋。

我小时见过村人筑屋。两面木板夹墙，人高高地立于墙头，手持木杵用力夯墙。有没有劳动号子，我记不得了。可惜，现在已经见不到这样的情形。建筑界的大师，拿过普利兹克建筑奖的王澍，曾去过高田坑村，专门去看村里的夯土泥屋。他在中国美院的校区，还有一些别的村庄，做了很多夯土实验，造起很多夯土新房，每一个都成为艺术的作品。

“如果说选择夯土有什么意思的话，一方面，是想去发现这种被大家遗忘或放弃的材料和技术还有些什么潜力；另一方面，用这种在现代建筑系统里属于最低级的材料，对原先材料系统中包含的等级多少带有一点点颠覆的意思。”

这是建筑师眼里的夯土泥屋。

在我的回忆里，夯土泥屋，是实实在在的过去生活。一个农村人，一生中可能只造一座房子。那座夯土房子成为他在世间存在过的最有力证明。

老人说，只有千年的土墙，没有千年的砖墙。青砖墙可以风化，垮塌，可泥土归还是泥土。玉门关的汉长城，那多少年了，高高的夯土墙依然倔强地耸立在戈壁滩上。秦时明月汉时关，当年点起狼烟的烽火台，而今仍在。

所以，我是十分相信泥土的力量的，就像相信水稻的力量一样。

4

我在高田坑村的半山腰里独坐，就看着那一片夯土泥屋，以及泥屋上的黛黑鱼鳞瓦，层层叠叠，叠叠层层，覆盖成一座村庄。

二禾君，我想，这样的村庄，要是换了在道路宽敞的地方，早就是另一副样子了吧。

道路宽敞的地方，人们走路疾快，脚下生风，早早就奔前头去了——奔在前头的好处很多，老房子拆掉，建起小洋楼。水泥浇筑，瓷砖贴遍，不锈钢的栏杆闪闪发光，红色的洋瓦在阳光下鲜亮无比。

可是高田坑，太远了。山路曲折又漫长。那里的人，还像一百年前一样缓慢生活。他们在悬崖边上开地，以肩膀拉犁。人与人的恋爱，从馈赠一枝梨花开始。

穿蓑衣的人与牛，行走在光滑的石阶上。

千年的雨水，滑落在碧绿青苔。

——用时下流行的文艺腔调来说，“所谓现世安稳，想来不过如此”。

现在，轮到外面那个世界的人们惊叹了。

当别处村庄都水泥浇筑，不锈钢和洋瓦都闪闪发光时，居然还有一个村庄，像被时光遗弃一样，完好保存着这样的生活样貌。

居然还有那么多的夯土泥屋。

居然有蜿蜒曲折的石径。

居然还有一株一株的梨树，长在村庄的角落。

5

二禾君，我想说的是，有时候，春天和秋天，是一样的；远和近，是一样的；疾快与缓慢，也是一样的。

只要把目光放得足够远，它们就并没有什么不同。

这是我独坐茅亭悟到的话。

在漫长的时间里，你来了，你又走了，我们没有相见，其实这也是一种相见。我甚至看到，高田坑的男人正支起夹墙的木板，他们挥动木杵，夯墙的劳动穿越四季，定格成非物质文化遗产。

而这个时候，蓑衣上的春雨开始成串地滑落。你从屋角转身走来，梨花一枝一枝，次第开放。

鹿威记

【你心里有什么，你就能在台回山发现什么。】

1

十年前我去台回山，油菜花开得烂漫，人景俱是明媚。

十年后我去台回山，小野菊散落山间，涧水漫过秋天。

2

是要有一点水的。水是开化之眼眸，开化之精神。

在开化，最值得自豪的就是它的水。清，净，纯，甘，野，幽。草叶上的一粒晨露，树根丛中的一脉细流，汇成千里之外声浪滔天的钱塘大潮。

台回山的一条溪涧，也与此有关。

我从山脚往上攀登，抬头望，看见台回山是那天边的村庄。

有人叫它“江南小布达拉宫”，取其巍峨意也。

一路向上，一路溪水叮咚，只闻其声，不见其影。

3

台回山是有禅意的。当我一路沿着梯田中间的小道向山上攀登的时候，四面寂然无声，只有风在耳边吹过。

渐渐地，有一种遥远的声音传过来：嗒。

半晌又有一声：嗒。

空山不见人，但闻鸟语响。

站定了，细细听，那声音又不似鸟语。鸟语不会这样地有节律。再听，居然像是有人在敲击木鱼，这缓慢的声音，谁把空山一下又一下敲击。

渐渐循声而行，溯溪而上，声音愈见清晰。

居然是在一处清流之下。石涧里有一竹筒装置，涧水落入竹筒，水满后，竹筒翻转，将水倒出，竹筒复归原位时敲击石头，发出清脆的声响。

嗒。

嗒。

每响一声，台回山就愈是寂寥一分——

嗒。

嗒。

嗒。

4

这装水的竹筒叫“鹿威”。

水注满竹筒，自动翻转，发出的声音，可以惊走飞鸟。

梯田稻谷成熟，常有成群的鸟雀飞来觅食。晚上也会有野猪。如果不采取一点措施，不管是稻谷还是玉米、番薯，都会被鸟兽抢占了去。

于是，农人就做了这么一个鹿威。

第一次看见鹿威，是在日本的一处寺院园林。

它却不为驱赶鸟兽。那循环往复的声音，在寺院的庭院里传来，有着说不出的禅意。

满。空。满。空。满。空。

有。无。有。无。有。无。

空即是满，有即是无。

台回山有什么?

你心里有什么，你就能在台回山发现什么。

5

忽然下起雨来。

我们从一棵大银杏树下穿过，到老乡开的农家餐馆吃晚饭。雨刚下的时候，大家纷纷去为老乡打下手，帮他清理晒场上的黄豆。

天暗下来的时候，眺望门外细雨中的大山，云雾缭绕，如梦如幻。

山上人家，见不到几个人。

厨房里，饭菜已飘香。

鹿威发出的声音远远地传来：

嗒。

嗒。

嗒。

寻纸记

【每个人的一生中，都有一个或几个这样的“孤独时刻”。怎么度过它，则成就了不同的人生。】

1

二禾君，我想给你写一封信，说说纸的事。譬如这一页纸。我想不如就用“一页纸”来开头吧——

一页纸，在光线下显出温柔的质地。

一页纸穿越时光，在午后与我相见——是在浙江西部一个叫开化的山城，一条清婉的马金溪的旁边，一座有古老的樟树的村庄里。二禾君，我是特意到那里去看纸的。

也许是天然对纸有一种亲近吧，我去过很多地方，只要听说有手工纸，都会去找一找，看看造纸的手艺，聊聊纸的故事。听说开化有一种极为特殊的手工纸，便忍不住按图索骥地寻去了。

是在盛夏——阳光热烈，到老樟树底下的路口右拐，看到一个院子。遂叩门。木门吱呀一声打开，小院子里铺了一地阳光！

定睛细看才发现，那是一地的纸。

纸上，盛满了灿烂的阳光。

2

二禾君，有时候，我对纸有莫名的怜惜。家里人从网上买东西，有的包装是纸制品，制作极是精美。妻子随手就要扔掉，我总是不舍，悄悄又从纸筐里拾回，抚平，放在一角。

牛皮纸有牛皮纸的硬朗——现在好多商品的包

装是用牛皮纸的——也不必覆膜，不用涂料，亚光的，看起来就很环保。有时给朋友寄书，就把这样的纸袋子拆开，将书包裹起来，再放进快递袋子，能很好地起到保护书的作用。

许多年前，大约有十来年了吧——在台北逛二手书店，其中有一家叫“茉莉”的书店，二手书可真丰富。我在那里流连，临走买了好几本书，店员说每本书都是经过清洁与擦拭的，如果不放心，还可以放在紫外线机器上再消一次毒。结账之后，店员提供了一个牛皮纸袋，居然，那也是由读者提供来的二手纸袋。

这样“敬天、爱人、惜物”的心意，与二手书店的公益理念一致，令我深受触动。多年来，生活中但凡见到只用过一次的纸袋子被随手丢弃，就觉得甚是可惜。近些年，纸袋子的设计感也强了，不再花里胡哨的样子，而是平和素朴，让人喜欢。

二禾君，我想——这也许是纸本来的样子吧！

在纸制品的文创店里，见过牛皮纸挎包、提袋什么的，手感也颇佳。

闲读孙犁先生的《书衣文录》，整本是他补书的记录。“文革”后期，他虽“解放”出来，但仍然不能正常地发表文章，就利用闲暇时间，找些废纸来包装、修补那些伤痕累累、满面尘霜的旧书，偶有所感，就在自制的书衣上记下一点文字。

> 中间事烦、病扰、休假、无纸，此业遂停。今日同人来谈，余问有封套否？中午遂有人携大捆来，闲人乃大忙。一九七五年七月九日幻华室装
>
> ……
>
> 久未弄书，帮忙人从家持此等纸来糊墙，余用其所剩者包装之。一九七六年五月二十三日灯下

即便是20世纪70年代——距离纸的发明有多少年月了——哪有什么好纸呀？孙犁先生四处寻觅厚实

一些、硬朗一些的纸来，替那些故人一般的旧书疗伤。这样宁静而物我两忘的时光，实乃珍贵。

尤记得，我80年代上小学时，也少见什么好纸张。劣质纸张也不多呀。同学们用来包书皮的，最上佳的也不过是旧年挂历；报纸次之。倒是偶尔见到有人用香烟壳拆开来写字的——可那纸也太小了，发挥不了太大作用。

——要是孙犁先生还在，见到今天好牛皮纸唾手可得，不知道有多高兴。

3

那次到开化访纸，访的却不是普通的牛皮纸，而是一种珍贵的纸——桃花笺。

> 开化纸系明代纸名，又称开花纸、桃花笺。原产于浙江开化县，系用桑皮和楮皮或三桠皮混合为原料，经漂白后抄造而成。纸质细腻，

> 洁白光润，帘纹不明显，纸薄而韧性好。可供印刷、书画或高级包装之用。清代的康、乾年间，内府和武英殿所刻印图书，多用此纸，一时传为美谈……

去年，我买了一本定价1600多元的书《中国古纸谱》，是我所有藏书中最贵的一本——其中就提到了“开化纸”。

二禾君，我们现在，还能遇到这种纸吗？

不不不。开化纸早就失传了。它只存在于典籍中：

> “开化纸”原产地在浙江省开化县，史称“藤纸”，其工艺源于唐宋，至明清时期趋于纯熟，是清代最名贵的宫廷御用纸，举世闻名的《四库全书》就是用它印刷的，其质地细腻洁白，有韧性。然而由于种种原因，开化纸已失传消逝百余年……

翻开《中国古纸谱》，还能见到：

乾隆时期的开化纸，品质极优，受到各方面的赞赏。这时的“殿版书”（清宫内专用书）都选用开化纸（一般人常把它误以为是宣纸）印刷……

据报道，1932年瑞典亲王来华参观访问故宫时，见到乾隆时用开化纸印的殿版书，十分惊讶。他发表感想说道：“瑞典现代造纸业颇为发达，纸质虽优，但工料之细，尚不及中国的开化纸……瑞典纸在欧洲为第一，能印五色套版，欧洲人士谓中国纸不能印五色彩画，只能用颜色绘画，其实不然，本人在北平故宫博物院所见之殿版书，系用开化纸所印。其彩色图画也完全用最白之开化纸印成，数百年不褪色，且鲜明如新。”

很长时间了，我对神秘的“开化纸”，或曰“桃花笺”，心心念念。

4

贵州的丹玲，我鲁迅文学院的同学，送我一本她的散文集。丹玲的文字真好呀，读着读着，就读到她的家乡印江小城去了。——二禾君，下次，我带你认识丹玲兄吧，一起饮酒。

丹玲在她的文章《村庄旁边的补白》这一篇里，写了一群造纸的人。这使得我对那个村庄里的人充满探究之心。有一年，去贵州，登了梵净山，没有时间再去探访用构树造出皮纸的村庄了，不免留下小小遗憾。

好在，后来丹玲就从合水镇，千里迢迢地寄了一些手工纸给我。

那纸真好，坚韧绵实，细腻白泽，折一折也不起皱纹。我舍不得用——写字，字不够好；画画，也觉得糟蹋了这纸；只给朋友写信，裁用了小小的几方，作了信笺。其他的也一直好好珍藏着。我不知道，如果珍藏几十年，这些纸会不会留下光阴的印记。

二禾君，我还曾买过四川夹江的竹纸。

我在一篇文章里写过，姑且在这里引用一下：

> ……以前不敢乱涂乱画，因为从小觉得纸很珍贵，好的宣纸得好的画家才配用。后来有一夜，我做梦，梦到什么我是忘了。大多数的梦都是忘了的，所以有时醒来，刚才到底有没有做梦也说不清。总之后来我就开始画画了，不仅画画，而且在宣纸上画画。当然没敢用太好的宣纸，网上买了一大摞，是从四川夹江县寄出的。堆在书房里，有竹料腌塘的气味。看了一下时间，是十一月二日，算来我乱涂乱画也快有三月了。画得怎么样真不好说，画完自己都不忍细看。后来再想那个梦，恍然大悟，原来想把画画好那就是做梦。所谓的“禅意”大抵是如此，不可说。

竹料腌塘的气味……二禾君，我用这种纸，估计是要被你嗤笑的吧？

有一年，在日本京都买到一些精美的笺纸。后来也舍不得用。如同柳宗悦先生所说，越美丽的纸，越不敢草率使用。有些漂亮的信纸，一直保留着，随着时间的流逝，竟染上些寂寥的色调了。

5

木门开处，黄宏健蹲在地上，他手里举着一张纸，逆着阳光的方向眯眼细看。阳光洒了他一身。

举着一张纸，像举着……什么呢？手帕？经文？我形容不好。只觉得眼前这个人如痴如醉。

他在读什么呢？

那不过是一页白纸，上面什么都没有。

二禾君，有时候我会想，当一个人沉醉于某人、某事或某物时，一定是世界上最幸福的。

我看着黄宏健读白纸，就觉得这不是一个平常人。平常人哪里会这样痴呢？他在白纸上，于无声处，是要读出惊雷的。

曾经怎么着他也算是小镇上的有为青年吧——敢想敢闯，脑子活络，做什么都能做得风生水起。比方说吧，十年前，他在开饭店；再往前，他打井；再往前，他开过服装店，开过货车跑过长途，也下苏州办过家具厂——哪里就跟纸有关呢？

一点关系都没有。

他甚至连“开化纸”也没有听说过——什么开化纸？什么桃花笺？

他开的小饭店，在小镇上还有些名气，菜烧得入味。不知道哪天，有一群人在饭桌上聊到纸。黄宏健年轻呀，跟谁都能打交道，都能聊得起来。他烧完了菜，从后厨出来，解下围裙走出来，客人叫他坐下，喝杯酒。小饭店总是这样的，来来去去，都是些熟面孔。两杯啤酒下肚，黄宏健听人说“开化纸”，颇不以为然，开化以前还造纸吗？

人家说，这你就不知道了吧，开化纸，搁在从前那是国宝啊！

国宝？黄宏健一听来了兴致，这么好的东西，现在呢，还有吗？

人家摇头，没了。

可惜。

不仅没了，连一个懂行的师傅都找不到——这个绝活，失传了！

就这么随随便便问了一句，没有人能想到，许多年后，黄宏健却埋头走上了寻纸的道路。

注定这是一条没有人走的道路啊。你傻呀——这是一条孤独者的路。风雨交加，泥泞不堪，你踽踽独行，拔剑四顾心茫然，你的前面你的后面，都没有一个人。

6

纸的种类有很多。造纸的原料、工艺，也很多。譬如说，楮皮纸的纤维较长，自古以来常用于书画创作。楮皮纸也比较坚韧，书画作品可以长久保存，而当人们修复古籍、书画时，也往往会用到楮皮纸。

再譬如，雁皮纸——这是用雁树皮为原料造的纸，雁树是瑞香科荛花属的小灌木，叶子长出来是左右对称的。雁树皮十分坚韧，但纤维长度不及楮皮纤维。雁皮纸用来做什么呢？大部分也用于书画创作、拓印、制作印谱等。

二禾君，我这样一说，是不是就叫你感到眼花缭乱了？但你倘翻开《中国古纸谱》，更会觉得琳琅满目，花样繁多。

大概是两三年前，我专门用了一个本子，来记录与手工纸相关的信息，还想着未来有机会的话，一定去四处寻访一下。我现在翻开，上面还有许多信息——有的虽然是零零碎碎的潦草的记录，却也留下颇多线索。比如，以下这些就是我在纸页上写下的：

中国造纸学会：北京朝阳区望京启阳路4号

中国造纸杂志社

胡开堂　浙江科技学院教授

曹振雷　中国造纸学会　教授级高工

陕西西安　北张村　楮皮纸

安徽安庆　板舍村　桑皮纸

贵州丹寨石桥　手工花草纸

安徽泾县　宣纸

江西铅山　连四纸

福建连城　连四纸

新疆和田　桑皮纸

湖南湘西桃源村　手工纸

湖南耒阳凉亭村　古法造纸

云南腾冲新庄村　楮皮纸

浙江温州瓯海泽雅镇　泽雅屏纸

浙江龙游　山桠皮、雁皮纸

云南耿马傣族佤族自治县遮哈村　芒团纸

……

7

黄宏健哪里懂得造纸呢？

人家笑他，你又不是个读书人，书没读过几页，纸也没摸过几张，你要学造纸干什么？不如你找点擅长的事情做吧——人家说，你卖鞋、搞水电、钻井、开饭店，不是都很精通吗？做自己擅长的事才能挣钱，千万别去折腾什么纸了！

但是，二禾君，当一个人想要做一件事的时候，没有什么可以拦得住他。

黄宏健的小饭店，跟别人不一样，他的小饭店里常有些文人来，文人来了就写字画画。自从听人说过开化纸的事，黄宏健就着了魔，异想天开，想学造纸。

造纸还不简单吗？把稻草竹浆捣碎，沥干，就是纸。从前外婆带他认过一些草药植物，他从小也在山野中长大，造纸还有比炒菜开店更难的吗？

他把小饭店交给妻子打理，自己东奔西跑，走上了造纸之路。邻县邻省，只要听说哪里有造纸的作坊，哪里有懂得造纸手艺的老人家，他都去拜访；甚至听说哪里人家祖上造过纸的，他也会辗转寻去，跟人聊聊。

方圆两百公里内，只要跟纸有关的地方，他都跑遍了。

回到家，他就窝在角落里搞科学实验。

他的科研器具，是一口高压锅。

小饭店不是还开着吗——他有时躲进后厨，一口锅里炖着鸡，另一口锅里煮着纸。

那时，他不知道这条路有多难。他只是满腔热情，一怀兴奋。他要早知道造纸那么难，水那么深，估计他早就不肯玩下去了。

比什么跑运输、做地质勘探、打井、做厨师都难！难上一千倍、一万倍！

有一次，他去了省城，到浙江省图书馆查书。他想看看用开化纸印的古书是什么样子。书调出来，他一看之下，好似当头泼了一盆冷水，浑身冰凉。

他这才知道，自己造的那是什么纸呀，手纸还差不多。从前的开化纸什么样？你看一看，摸一摸，就知道了，什么才是国宝！

8

要换了别人，一定放弃了。

但黄宏健这人“轴”啊。

他觉得，他造纸，可能是命中注定的。否则，他小饭店开得好好的，冥冥之中，怎么就让他碰到这件事呢？怎么就让他对造纸这件事痴迷了呢？

这不是命中注定，又是什么？

从图书馆回来，他居然搬回来不少书——《植物纤维化学》《制浆工艺学》《造纸原理与工程》《高分子化学》等，还有砖头一样又厚又沉的县志、市志。

为了一门心思造纸，他一冲动，把饭店关了。

他想，人家蔡伦能造纸，他怎么就不能造出“开化纸”呢？

2013年，他进山研纸。

为什么要进山？是因为家里地方小，摆不开摊子。他在山里整出个地方来，有个腾挪空间。

结果，没承想，光是造纸这件事，一年就给他糟掉了三四十万元钱。

这是他没有想到的。造个纸，怎么那么费钱？

能不费吗？全国各地奔来跑去，看人家怎么造纸，听人家讲故事，也去拜望专家，上北京下广州，能跑的地方都去了。

造纸这个事，了解越多，研究越深，他越觉压力大，差距大，造出“开化纸”几乎还是遥遥无期。

黄宏健迁居山中的地方，离村子三公里路，算是远离了人间烟火。夫妻两个人进了山，村民都说这两人是傻了，有钱不好好挣，去跟野猪做了邻居，不是傻吗？

傻就傻吧，他们不怕别人说闲话。就是屡试屡败、屡试屡败，让人看不到出路。

夜深人静，黄宏健扪心自问，早知道造个纸这么难，他一定不会来蹚这浑水。你看他现在每天做什么——去山上砍柴，弄材料，打成浆，或者放进锅里煮，然后捞出来，在脸盆里晾干。他天天跟树皮、藤条、草茎子打交道，也不知道这事靠不靠谱。

最艰难的时候，他也想过放弃。

半夜里，看见天上的月亮，在山里特别宁静。他慢慢地觉得心静下来，不那么急躁了。他想到，或者是某一种力量驱使他来做这件事的，这么一想，他也觉得生活好像没那么苦了。

9

二禾君，开化纸到底有多神秘？

有人认为，“开化纸，几乎代表了中国手工造纸工艺的高度”。

这句话也不是平白空口说说的。近代藏书家周叔弢就认为，乾隆朝的开化纸，是古代造纸艺术的顶峰。在古典文献领域，“开化纸”是一个极常见的概念，因许多精美殿版古籍的介绍资料中，常能看到“开化纸精印”这样的描述。

蔓衍空山与葛邻，相逢蔡仲发精神。
金溪一夜捣成雪，玉版新添席上珍。

这首《藤纸》诗，是清代诗人姚夔描写开化纸的。

相较于麻纸、皮纸、竹纸等其他纸张种类，开化纸的外观特征非常明显，总结起来主要有以下几个方面：

一、纸质细腻，薄而匀，纸面平滑；

二、纸色洁白，受墨乌黑莹亮；

三、纸质绵软而有韧性；

四、帘纹细密，目视不明显；

五、纸面易见黄褐色浅斑。

这些明显的特征，使开化纸的辨识度很高，很容易跟其他纸张区别开来。因而，在一些古籍拍卖的介绍中，经常能看到“开化纸本”或“开花纸”一类的字眼。

开化纸之外，还有一种开化榜纸。

所谓“开化榜纸”，是质量略次于开化纸的一种上等纸张。这种纸质地细腻柔软，韧性强，但比“开化纸”略厚，帘纹较宽，颜色略显发乌。

开化榜纸多见于乾隆以后的内府印书，此时开化纸的质量有所下降，产量也开始减少，开化榜纸开始替代开化纸使用。

那么，恢复开化纸的难度有多大？

要知道，清朝乾隆之后，嘉庆年间，开化纸质量一路下降，最大的可能性是原材料不足，以至枯竭。

还有一种观点认为，西方制浆、漂白技艺流入，以烧碱工艺造纸，生产效率提高了。老百姓不知道烧碱工艺与普通工艺的区别。所以，很可能在短短几十年间，开化纸的核心工艺技术，就已经消亡了。

近代有名的“陶开化”，即著名藏书家、武进人陶湘，他因极喜欢收藏殿版开化纸印本，被人称为“陶开化”。“陶开化”据说专门到开化，试图恢复开化纸，但是后来无功而返。

商务印书馆董事长张元济，在1940年3月的一篇文章中不无遗憾地写道：“昔日开化纸精洁美好，无与伦比，今开化所造纸，皆粗劣用以糊雨伞矣。”

开化媒体人张蓓，七八年前也曾去乡间寻访造纸人。

村头镇礼田村形边自然村的徐柏春老人说：“当时家里做纸用的材料是自家到山上去采摘回来的一种植物，叫作‘山桦皮’。用山桦皮做纸是个吃力的苦活，要打浆、浸泡、用脚踩，还要挑到大溪里去淌洗、晾晒。做成的纸成品一般就叫作‘绵藤纸’‘绵纸’或‘藤纸’。在当时，绵藤纸是很好、很金贵的东西。一般家里的田契、地契、房契都用这种纸来写。写好的字不会褪色，虫子不咬不蛀，便于长久保存。”

徐柏春老人还说，家家户户造好的绵藤纸，要按规定每年每户上交朝廷500张，剩下的就销往江西、浙江、安徽、福建等地。直到解放前，还有人专门上门来收购绵藤纸，因为销路好，能赚钱，邻近的村庄也都纷纷效仿做绵藤纸。

但是据黄宏健考察，这些传统土法造出的纸，都不是开化纸。

由于开化纸失传已逾百年，加上古时开化纸的制作技法从未在文献中记载流传过，所有的工艺只靠历代的纸匠口耳相传，秘不示人。所以，想要恢复开化纸，其难度真不亚于登蜀道。

我们现在，可以把自古留存下来的开化纸拿来研究，看古纸中纤维的长短、宽窄、比例。根据麻、皮、竹、草这些原料的纤维长度，可以大致判断一些原料的来源，但是到底是什么却不那么确定；另外，造纸过程中需要用到的纸药、黏结剂，又分别是什么，压根没有人知道。

在那些个野猪拱门的夜晚，隐于山间的黄宏健到底是如何挨过一个个不眠之夜的，我们已无从得知。唯有山野的清寂、蛙鸣、夜鸟的悠远啼叫，一波又一波地涌进简陋的房间。

10

直到一种植物——荛花出现在他的视野中。

在寻访中，黄宏健得知，从古代一直延续至20世纪80年代初期，在开化及广信府（主要是江西的上饶县、玉山县）地区，每年都有采剥荛花、官方采购的惯例。

"荛花"是什么？

继续探究，发现荛花是开化土称"弯弯皮、山棉皮"，玉山土称"石谷皮"的一种植物。老人们口传是用于造银票的，后来用来造钞票。

黄宏健于是按浙江、江西的中草药词典，查到这种植物的学名——荛花，顺势开展种类、储量、分布、习性等的调查。

经过多年的田野调查和反复试验，黄宏健渐渐厘清了开化纸的原料构成和制作流程。北江荛花，这种在高山上广泛分布的植物，正是开化纸的主要原料。荛花有一定的毒性，用其制成的纸可防虫蛀，千年不坏。

山重水复疑无路，柳暗花明又一村。

2014年深秋，黄宏健写下一首诗：

世闻后主名，未谙南唐笺。
纸里见真义，欲辩已无言。

有人跑去深山里看他。

“有一年年底，我收到信息，去拜访黄宏健夫妇。在那幢深居山中的土房前，夫妇二人站着等我，他们眼里期盼的眼神，我永远都忘不了。”

衢州市科协院士专家工作站服务中心主任柳堤，与这研究造纸的“傻子”结缘，正是因了那“土房前的眼神”。

终于，独行者不再孤独。

2013年11月，由黄宏健、孙红旗等人发起成立的开化纸传统技艺研究中心，获批成为开化县民办非企业单位，获得了县委、县政府的支持。

2015年7月，心系中华古籍保护事业的中国科学院院士、复旦大学原校长杨玉良，出任开化纸传统技艺研究中心高级顾问，着手组建院士工作站。

11

二禾君，在开化山城行走，我有时不免会惊讶，心想：这座小小的山城，为何藏了许许多多的传奇？

在乡野，在市井，一张迎面而来、神情淡然的面孔背后，说不定就有着非凡的经历与故事。

有一次，黄宏健终于进入国家图书馆古籍善本特藏部，与文津阁版《四库全书》相见。戴上手套，他摩挲着用开化纸印成的古籍，一时之间，百味杂陈。

这是黄宏健没有想过的事。他也没有想过，院士杨玉良也会来帮他。《牧羊少年奇幻之旅》中有一句话："当你真正想做一件事的时候，全世界都会来帮你。"

杨玉良，当选中国科学院院士十多年，从不在社会上兼职。但为了恢复开化纸，这位复旦大学老校长破了例。

多年前，杨院士去欧洲著名的图书馆参观，发现其使用的古籍修复用纸，都为日本制造。而中国作为发明了造纸术的国度，却拿不出国际上公认的古籍修复纸。

古籍的修复，已是一件刻不容缓的事。

国家图书馆副馆长、国家古籍保护中心副主任张志清表示，目前普查发现，我国现存的古籍约5000万册，其中有1500万册古籍在加速氧化、酸化，出现损坏，亟待修复，古籍保护事业时不我待。

要修复中华古籍，就要用中国最好的传统手工纸。中国最好的传统手工纸是什么？

——开化纸！

12

二禾君，我时常会记起，去年夏天我推开小院木门的情景。

吱呀一声，木门开处，一地阳光。原来，是一页页的纸，盛满了明媚的阳光。

小院内，有一座不大的展厅，展厅里陈列着几件宝贝。黄宏健领着我一边观看，一边解说：

“这是内府版康熙四十七年的满文《御制清文鉴》，这是雍正《上谕军令条约》。这两件东西，都是故宫博物院研究员、中国殿版古籍研究家翁连溪老师所赠……”

“这是扬州诗局版的康熙《御定历代题画诗类》，是杨子文先生所赠。这些宝贝，都是开化纸本……”

这样一个朴素的小院，却如同盛装了一个业界最高端的“朋友圈”。

开化纸的复兴，就此拥有了重大的进展。

“院士工作站”启动之后，黄宏健每隔两个月，就跑一趟复旦大学。他送去最新出品的试验纸样，杨玉良院士马上组织化学、材料科学、生物学等学科的专家，对纸样进行检测分析。

皮料打浆工艺、漂白工艺得到创新、改良，设备也得以提升，工作效率也更高了。科技的力量，为开化纸的复兴插上了翅膀。终于，黄宏健他们研制出来的纸张成品，越来越接近开化纸。

此外，纸浆除杂、簾纹攻克——这两道造纸过程中最复杂的技术难题，在杨院士的指导下也迎刃而解。

2017年，在开化纸国际研讨会上，专家依据最新检测的纸样认为，复原的纯荛花“开化纸”，寿命可达2825年！

纸寿千年——这是一页纸，所能盛载的所有荣光。

随后，国家图书馆、浙江省图书馆纷纷伸来橄榄枝——有意采用开化纸来进行古籍修复。

专家说，这才是“开化纸”应该有的样子。

13

纸是什么？

纸是用来写字的吗？是用来传承文化的？还是用来接续文明的？

南唐后主李煜喜欢纸，为保存珍贵的纸张，他专门修建了一座存纸的房屋“澄心堂”。

而如果没有与一页纸相遇，青年农民黄宏健应该还会继续开饭店，或者打井。

他时常会记起自己隐居山中的那几年。他觉得那几年，自己的一生也像一页白纸，那么干净，那么纯粹。

尽管，那几年是他一生中最孤独的时光。

每个人的一生中，都有一个或几个这样的“孤独时刻”。怎么度过它，则成就了不同的人生。

因此，关于黄宏健的那几年，或者我们也可以这样说——

有时候，是一个人造出一页纸；

有时候，是一页纸照亮一个人。

致谢

谢谢周玲娟女士，正是她盛情邀请我对那一片神秘的大地展开探寻，才有这样一些文字。对于山川草木的美好，其实我们知之甚少。我一次又一次开车前往钱江源头，隐入村庄，汇入人群，仿佛如微风潜入森林，如雨滴汇入溪流。我很享受这样的过程。每一次探访的旅程，都会带来比想象中更多的惊喜。因此我从不为行程预设目的地，并且我还把这个过程拉得很长。

感谢许多朋友，为了满足我对这块地方的好奇心，他们长时间陪伴我并给予指引，他们是汪美芬、徐祝安、朱茜、余建平、郑信伟、吴玉快、Lucy、李寂如、余问清、孙红旗、方文彬、陈燕芳、郑文、胡开云、小米等，此处排名没有先后；有时他们请我吃饭或吃夜宵，座次也没有先后。一起遇到的那些美好时刻，已成为我生命里珍贵的一部分，我将倍加珍惜。感谢黄宏健、陈声文、蓝文超、余明贵、老丁、林效、阿康等朋友慷慨分享他们的人生故事，他们都是开化如此美好的原因。

这本书里的许多文章，曾在《人民日报》《光明日报》《读者》《散文海外版》《文学报》《散文选刊》等诸多报刊发表，谢谢看重这些文字的编辑们。谢谢广西师范大学出版社的赵运仕、伍丽云等诸位老师，他们如此用心，使得这本书和我之前在该社出版的其他书一样端庄而美好。

最后，感谢阅读此书的你，在文字里相遇，这也是茫茫人海之中，我们彼此多看了对方一眼。

2020年2月5日